मामूली आदमी
(कहानी संग्रह)

वाणी प्रकाशन

नयी दिल्ली-110002

फोन : 3273167, 3275710 • फैक्स : 3275710

e-mail : vani_prakashan@yahoo.com
vani_prakashan@mantraonline.com

मामूली आदमी

राजीव कुमार

ISBN : 978-81-7055-139-3

वाणी प्रकाशन
21-ए, दरियागंज, नयी दिल्ली-110002
द्वारा प्रकाशित

प्रथम संस्करण : 2002

मूल्य : 125.00

नागरी प्रिंटर्स, दिल्ली-110032
में मुद्रित

MAMOOLI AADAMI
by Rajeev Kumar

दो बातें

कुछ कहानियों के सहारे मैंने कुछ बातें, अपने पाठकों को बताने की कोशिश की है। आज कंप्यूटर, टेलीविजन के जोर के आगे, किताब पढ़ने व लिखने वालों की कमी सी महसूस होती है। लेकिन, अच्छे लेखक व चिंतनशील पाठकों की कमी नहीं दिखाई देती है। इस पुस्तक की कहानियाँ समाज के विभिन्न पहलुओं को दर्शाती हैं। लेखक की यही आशा है कि यह पुस्तक पाठकों की कसौटी पर खरी उतरे। जीवन रहा, तो इसी तरह अपनी नई रचनाओं द्वारा पाठकों का ध्यान सामाजिक समस्याओं की ओर खींचता रहूँगा।

35, राजभवन कालोनी
लखनऊ

राजीव कुमार

अनुक्रम

अबला

देश के पूर्व दिशा में एक छोटी सी तहसील है। आज तहसील कार्यालय में बहुत अफरा-तफरी है। लोगों की गप्पों से माहौल गर्म है। गप्प का विषय है कार्यालय में एक महिला अफसर की स्थानांतरण में आने की खबर। एक बाबू, जो दफ्तर में कम और अपनी ससुराल में ज्यादा समय बिताता था, अपने गुप्तांगों को खुजलाते हुए कह रहा था 'हुह'। पता नहीं सरकार भी कैसे विकास करेगी। इन महिलाओं को अफसर बनाकर भेज देती है जो किसी काम की नहीं होतीं। वहाँ मौजूद चपरासी ने हामी भरी "हाँ" बड़े बाबू ठीक कह रहे हैं, इन औरतों का काम दिन भर बच्चा खिलाना है कि अफसरी करना। एक सरकारी वाहन का ड्राइवर भी वहाँ मौजूद था। वह बोला, "अमा भाई, औरतों के वश में कहाँ प्रशासन की भागदौड़ करने की ताकत। हमारी सरकारी जीप में हमारे बगल में बैठकर दिखाए तो हम जानें।" यह कहकर वह हँस दिया। बाकी मौजूद जनता भी ठहाका लगाकर हँस दी।

वह महिला अफसर अपनी नई पोस्टिंग पर जाने के लिए तैयार है। उन्होंने सुन रखा है कि जिस क्षेत्र में उनकी तैनाती हुई है वह बहुत पिछड़ा इलाका है। दिल्ली में पढ़ी-लिखी महिला अफसर ने गत शायद ही अपने जीवन में देखा हो। मगर वह इस नियुक्ति को एक चुनौती के रूप में लेना चाहती है। पहली बार तहसील का चार्ज मिला है। वह कुछ कर दिखाना चाहती है।

महिला अफसर ने विधिवत अपने को सरकारी कार्यालय में स्थापित कर लिया। वहाँ के स्टाफ से उनका परिचय भी हो गया। अब वह थोड़ा-बहुत, सरकारी काम, समझने भी लगी। मगर उनका महिला होना पूरे इलाके में चर्चा का विषय बना रहा। महिला अफसर इस बात से काफी असंतुष्ट थी। उनका ड्राइवर, सरकारी जीप में गाड़ी चलाते हुए काफी सहमा सा बैठता था। दफ्तर में चपरासी, बाबू, उनसे बात करने में हिचकिचाते थे। जो जनता फरियाद करने आती वह महिला अफसर को देखकर, हतोत्साहित होकर अपनी फरियाद का टोकरा लेकर चली जाती। महिला

अफसर को यह बात समझ में नहीं आती। उन्होंने एक दिन बड़े बाबू को इस विषय पर पूछताछ के लिए बुलाया। बड़े बाबू जो शारीरिक खुजली से परेशान थे, कुछ घबराए हुए से कमरे में प्रवेश किए।

महिला अफसर ने उनसे पूछा, "क्यों, बड़े बाबू, यहाँ क्या हो रहा है?"

बड़े बाबू ने थोड़ा हिचकिचाते हुए पूछा, "क्या हो रहा है, मैडम?"

महिला अफसर ने सवाल पर सवाल सुनकर, चिढ़ते हुए कहा, "मेरा मतलब, यहाँ कोई ठीक ढंग से पेश क्यों नहीं आ रहा है। कोई खुलकर अपनी बात करता ही नहीं है।"

बड़े बाबू ने अपना हाथ बड़ी मुश्किल से रोका हुआ था। खुजली का अनुपात बढ़ गया था। उन्होंने धीमे स्वर में कहा, "मैडम, अब हम का बताएँ। हो सकता है, आप महिला हैं इसीलिए लोग आप से शर्माते हों।"

महिला अफसर यह सुनकर क्रोधित हो उठी। उन्होंने गुस्से से कहा, "महिला हैं तो क्या हमारे सींग निकला हुआ है। आप जाइए यहाँ से।"

बड़े बाबू की खुजली बहुत खतरनाक तरीके से आगे बढ़ गई थी। वह नितम्ब खुजाते हुए कमरे से बाहर निकले। बाहर, पूरे स्टाफ के लोग दरवाजे पर कान लगाए हुए, बड़े बाबू और महिला अफसर का वार्तालाप सुन रहे थे। बड़े बाबू बड़बड़ा रहे थे, "औरत हाकिम जी का जंजाल।"

महिला अफसर जो महानगर में पली-बढ़ी थी, उन्हें सोचना चाहिए कि यह कस्बाई इलाका है और यहाँ महिला अगर साइकिल पर सवारी करे तो यह आठवाँ अजूबा माना जाएगा। वह तो उच्च पदासीन महिला अफसर है। एक दिन वह कार्यालय से निकलकर, अपनी सरकारी जीप में बैठ रही थी, तो कुछ ग्रामीण महिलाएँ उन्हें एकटक निहारती हुई मिलीं। वह उन महिलाओं के पास पहुँची।

उन्होंने पूछा, "आप लोगों की कोई समस्या है तो बताइए?"

ग्रामीण महिलाएँ उन्हें पास आता देखकर, घबराकर दूर हट गईं। महिला अफसर को अचरज हुआ।

तभी उनके चपरासी ने उन्हें समझाया, "सरकार यह लोग अपने गाँव से यह देखने आई हैं कि अफसर महिला कैसी होती है।"

यह सुनकर महिला अफसर ने चिढ़ते हुए कहा, "हम कोई चिड़ियाघर के जानवर हैं।" फिर वह अपनी सरकारी जीप में बैठ गई। ड्राइवर ने गाड़ी चालू कर दी।

ग्रामीण महिलाएँ आपस में फुसफुसा रही थीं, "देखो बहन कितनी फूहड़ है, साड़ी के साथ बिना बाँह का ब्लाउज है।"

दूसरी बोली, "ठीक कह रही हो बहन, इसका कोई धर्म ईमान तो है नहीं मर्दों के बीच रहती है। कोई शर्म-लिहाज नहीं।" ग्रामीण महिलाएँ यही सब बतियाते हुए अपने गंतव्य की ओर रवाना हुईं।

महिला अफसर अपने कार्यालय में बैठी चिंतामग्न थी। उनकी समझ के बाहर था कि इस इलाके के लोग, उनके महिला होने पर इतना भेदभाव क्यों कर रहे हैं? जब उन्होंने नौकरी शुरू की थी तो इस तरह की समस्या के बारे में सोचा भी नहीं था। वह सोच रही थी कि क्या उसका महिला होना ही सबसे बड़ी कमजोरी है। वह, यह विचार कर ही रही थी कि उनके कमरे में धड़धड़ाते हुए कुछ दस-बारह लोग घुस आए। इन लोगों के नेता थे इस क्षेत्र के विधायक दबंग सिंह।

महिला अफसर इतने सारे लोगों को अपने कमरे में घुस आया देखकर हड़बड़ा गई, फिर क्रोधित हो गई, मगर दबंग सिंह को देखकर उन्होंने अपना क्रोध काबू में किया।

उन्होंने थोड़ा सख्त स्वर में पूछा, ''कहिए विधायक जी, क्या सेवा की जाए?'' दबंग सिंह जो उस क्षेत्र के विधायक थे और नाम के अनुरूप ही दबंग थे, कुटिल और व्यंगात्मक हँसी हँसते हुए, सामने पड़ी कुर्सी पर बैठ गए। और बोले, ''मैडम आप क्या हमारी सेवा करेंगी। हमारे घर में तीन-चार औरत हैं सेवा करने के लिए। बहरहाल आप यह बताइए कि आपने हमारे साले रमुआ का जमीन का पट्टा कैसे कैन्सिल किया।''

महिला अफसर जो दबंग सिंह की बात सुनकर बहुत क्रोधित हो चुकी थी बोली, ''पट्टा दलित वर्ग के लिए था और रमुआ ने अपने नाम गैर-कानूनी पट्टा करा लिया था। इसलिए पट्टा निरस्त कर दिया गया।''

यह सुनकर दबंग सिंह ने नथुने फुलाते हुए कहा, ''देखिए क्या सही है, क्या गलत। हमें मत सिखाइए। रमुआ के नाम पट्टा कर दीजिए।''

महिला अफसर ने स्वर को थोड़ा सख्त बनाते हुए कहा, ''यह नामुमकिन है।''

यह सुनकर दबंग सिंह ने शालीनता का रास्ता छोड़ते हुए कहा, ''ऐसी की तैसी आपकी। महिला हो इसीलिए गाली नहीं दे रहा हूँ। एक हफ्ते में रमुआ का काम कर दो नहीं तो चौराहे पर नंगा खड़ा कर दूँगा। बहुत देखे तुम्हारे जैसे अफसर।'' दबंग सिंह के साथियों ने यह सुनकर ठहाका लगाया और सब लोग चले गए। बाहर, महिला अफसर के स्टाफ ने यह बात सुनी और मंद-मंद मुस्कुराते हुए अपने काम में लगे रहे। महिला अफसर की आँखों से आँसू टपक गए।

जिले के सबसे बड़े अधिकारी, यानी जिलाधिकारी का कार्यालय। जिलाधिकारी एक अधेड़, मगर रोबीले व्यक्तित्व के धनी। महिला अफसर उनके सामने बैठी हुई अपना दुखड़ा सुना रही है। जिलाधिकारी ने सारी बात सुनी और क्रोध से उनकी भृकुटी तन गई। उन्होंने महिला अफसर को आश्वासन दिया और दूरभाष से तुरंत पुलिस कप्तान से बात की।

दबंग सिंह की बीच चौराहे पर पुलिस कप्तान ने बँधवा कर पिटाई करवाई। पुलिसिया मार के सामने दबंग सिंह की दबंगई ठंडी पड़ गई। पुलिस कप्तान ने महिला

अफसर से भी दो-तीन चप्पल दबंग सिंह को लगवाए। दबंग सिंह ने महिला अफसर से माफी माँगी। पूरे इलाके में महिला अफसर का रोब स्थापित हो गया।

महिला अफसर बहुत प्रसन्न थी। अब इलाके के लोग उनको महिला न समझकर अफसर समझने लगे। अब क्षेत्र के लोग दबंग सिंह के प्रकरण के बाद महिला अफसर के रोब को समझने लगे। उनकी इज्जत, उनके अपने स्टाफ में भी बढ़ गई। अब महिला अफसर को उस क्षेत्र में काम करने में मजा आने लगा।

एक दिन महिला अफसर को जिलाधिकारी ने अपने कार्यालय में तलब किया। महिला अफसर कृतज्ञ भाव से उनके कार्यालय में उपस्थित हुई। जिलाधिकारी ने रोबीली मुस्कान फेंकते हुए उनको सामने पड़ी कुर्सी पर बैठने का इशारा किया।

जिलाधिकारी ने आवाज में मिठास घोलते हुए कहा, ''कहिए, अब तो कोई प्राब्लम नहीं है।''

महिला अफसर ने कृतज्ञता भरे स्वर में कहा, ''नहीं सर, दबंग सिंह प्रकरण के बाद अब काम करने में कोई परेशानी नहीं आ रही है।''

जिलाधिकारी मुस्कराए और फिर चेहरे पर चिंता की लकीर बिखेरते हुए बोले, ''देखिए मेरी सलाह है कि आप अपना तबादला कहीं और करा ले।'' यह सुनकर महिला अफसर आश्चर्य में पड़ गई।

उन्होंने विस्मय भरे स्वर में पूछा, ''मगर क्यों सर?''

जिलाधिकारी ने ठंडी साँस भरते हुए कहा, ''यूँ वो पोलीटिशियन है। दबंग सिंह बहुत बेकार आदमी है। अभी तो वह चुप है मगर कभी भी हमला कर सकता है। इसीलिए मेरी सलाह है कि आप कहीं और ट्रान्सफर करा लें।''

महिला अफसर ने दुखी स्वर में कहा, ''ठीक है सर।'' थोड़ी देर बाद, जिलाधिकारी से अपने घर परिवार की बात कर वह वापस लौट गई।

महिला अफसर का तबादला हो गया था। उन्होंने सुना कि दबंग सिंह ने पूरे इलाके में मिठाई बाँटी है। उनके स्टाफ ने राहत की साँस ली। महिला अफसर दुखी मन लिए सोच रही थी कि औरत हमेशा अबला ही रहती है, चाहे वह उच्च पदासीन अफसर ही क्यों न हो। उधर दफ्तर में बड़े बाबू, शारीरिक अंगों को खुजलाते हुए कह रहे थे, ''चलो इन महिला से जान छूटी। जब से आई थी कोई काम ठीक से नहीं हो रहा था। कोई भी छुट्टी मंजूर नहीं की थी।'' सारे स्टाफ के लोगों ने हामी भरी।

सफर

सरकारी बस में कुछ यात्री सवार हैं। बस लखनऊ से दिल्ली जानी है। बस के कंडक्टर हैं रामलौट। वह मजे से अपने टिकट और कैश वाले बैग पर अपने दोनों हाथों से तबला बजा रहे हैं। ड्राइवर, रहमान भी पान चबाए हुए बस में पान की पीक थूक रहा है। बस में कुल 10 यात्री मुश्किल से बैठे होंगे, कि रामलौट ने रहमान ड्राइवर से कहा, "अमा यार! बस चलाओ। कहाँ स्टेशन पर खड़ा किए हो। थोड़ा खुली सड़क पर हवा लगे।" रहमान ने बस को झटके से आगे बढ़ाया। यात्रियों को खतरनाक झटका लगा। कई घायल होने से बचे।

बस में नाम मात्र के यात्री लोग थे। कुछ पुरुष, महिला व बच्चे। यात्रियों ने रामलौट से टिकट बनाने के लिए कहा। रामलौट ने गाना गुनगुनाते हुए कहा, "अरे, भाई, आज हम आप लोगों को आधे रेट पर ले चलेंगे।" काफी सवारियाँ दिल्ली की थीं। महँगाई का जमाना है। सभी लोग मान गए। सिवा एक सज्जन पुरुष के। इनका नाम रामनिवास है और यह खादी का कुर्त्ता-पाजामा पहने हुए हैं। इन्होंने रामलौट कंडक्टर को कहा, "देखिए आप हमारा टिकट बना दीजिए। हमें दिल्ली तक जाना है। हमें कोई गैरकानूनी काम नहीं करना है।" रामलौट ने रामनिवास को ऐसे घूरा, जैसे चिड़ियाघर में कोई अजीब जानवर देख लिया हो।

रामलौट ने उन्हें घूरने के बाद, बुरा सा मुँह बनाया और कहा, "भाई, आप कोई नेता-वेता तो नहीं हो। कहो तो हम मुफ्त में ले चलें।"

रामनिवास ने कहा, "हमको मुफ्त में नहीं जाना है। आप हमारा टिकट बना दें।"

रामलौट ने जोर से कहा, "ई भाई साहब तो बड़ा कानूनची लग रहे हैं।" फिर वह रहमान ड्राइवर के पास जाकर बैठ गया और तंबाकू मलने लगा। यात्रियों से वह आधा दाम लेकर कुछ टिकट से ही मिलती-जुलती पुर्जी पकड़ा चुका था।

रहमान बस को बहुत खतरनाक ढंग से दौड़ा रहा था जैसे जम्बो जैट चला

रहा हो। सूखी मरियल काया में वह बड़ी मुश्किल से बस के सख्त स्टीयरिंग व्हील को सँभाले हुए था।

रामलौट ने उसको तंबाकू देते हुए कहा, "क्यों मियाँ! आज मूड में बस नहीं चला रहे हो। क्या दूसरी बेगम से झगड़ा हुआ है।"

रहमान ने खतरनाक अंदाज से बस को गड्ढे में कुदाया जिससे सारे यात्रियों का सर, बस में छत से टकराते हुए बचा। फिर बोला, "यार, आप भी हमारी बेगमों के पीछे रहते हैं। एक तो वह सब घर में जीने नहीं देती हैं और आप जैसे लोग बाहर परेशान किए रहते हैं।"

रामलौट ने पुचकारते हुए रहमान की पीठ ठोंकी और बोला, "चिंता मत करो मियाँ। हम तुमको अंग्रेजी पिलाएँगे।"

रहमान ने कहा, "चिंता कौन साला करता है। आधी बोतल तो हम पीकर बस चला रहे हैं।"

दोनों के वार्तालाप को भंग करते हुए, रामनिवास की आवाज गूँजी, "भाई साहब, हमारा टिकट बना दीजिए।"

रामलौट ने बुरा सा मुँह बनाते हुए कहा, "हाँ बना देंगे। जाकर अपनी सीट पर बैठिए।"

रामनिवास ने थोड़ा गुस्सा दिखाते हुए कहा, "कब बना देंगे। लखनऊ से सीतापुर आने वाला है।"

रामलौट भी तैश में आ गया, "जाओ नहीं बनाएँगे टिकट। जो करना है कर लो।"

रामनिवास ने गुस्सा दिखाते हुए कहा, "मैं, आपकी विभाग में शिकायत करूँगा।"

रामलौट ने गुस्सा दिखाते हुए कहा, "जो तुमसे बन पड़े, वह करो।"

रहमान ने सर घुमाकर कहा, "अरे इनको परेशानी है, तो यहीं पर उतार दें।" रहमान के पीछे देखने से, बस सामने आते ट्रक से लड़ने के कगार पर पहुँच गई। रहमान ने ब्रेक लगाकर, स्टीयरिंग व्हील से बस को एक तरफ काटा। बस लड़ने से बच गई। मगर यात्रीगण उछलकर एक-दूसरे के ऊपर गिर पड़े। रामनिवास, झटका लगने से रामलौट की गोद में जा गिरे। रामलौट ने बुरा सा मुँह बनाया और रामनिवास को जमीन पर पटक दिया। रामनिवास उतरा चेहरा लेकर अपनी सीट पर बैठ गए।

रास्ते में एक ढाबा पड़ा। रहमान ने लहराते हुए वहाँ पर गाड़ी रोक दी।

रामलौट ने बस के यात्रियों को सूचना दी, "भइया, देखो, ढाबा आ गया है, जिसको हगना, मूतना है, या पेट पूजा करनी है, वह यहाँ पर कर ले।" यह कहकर रामलौट रहमान के साथ सीधे ढाबे वाले के यहाँ हमला बोल दिए। दस समोसा और चार गिलास चाय पीने के बाद रामलौट ने डकार ली।

फिर रहमान से बोला, ''यार, साला ढाबा वाला हम लोगों को मुफ्त में खिला रहा है, इसीलिए कहीं हम लोगों को घटिया क्वालिटी का समोसा तो नहीं खिला रहा है।''

रहमान ने चाय खत्म करते हुए कहा, ''अमा यार, ऐसा क्यों लग रहा है।''

रामलौट ने डकार लेते हुए कहा, ''पहले तो हम कई दर्जन समोसा खा जाते थे। अब तो दस में ही हाँफ जाते हैं।''

रहमान ने इस बात का जवाब नहीं दिया और तंबाकू फाँकने लगा।

रामलौट भी पान लगवा रहे थे कि दो औरतें, उनके पास आकर खड़ी हो गईं। उन दोनों को रामलौट जानता था। रामलौट ने एक महिला के गाल पर चिकोटी काटी और पूछा, ''क्यों चमेली कहाँ जा रही हो?''

चमेली नाम की महिला ने रामलौट को आँख मारते हुए कहा, ''हुजूर, मुरादाबाद तक ले चलिए।''

रामलौट ने तुरंत हामी भरी और उन दोनों को बस में सवार कर दिया। बस, सब यात्रियों को सवार कर चल पड़ी।

रामनिवास को अपनी सीट पर शांत बैठा देखकर रामलौट ने कहा, ''क्यों नेताजी, कुछ खाया-पिया नहीं आपने।''

रामनिवास ने चुपचाप मुँह फेर लिया। रामलौट कुख्यात डाकुओं वाली हँसी हँसते हुए, उन दोनों महिलाओं को पीछे पड़ी खाली सीट पर बैठाकर कुछ गुप्त बातें करने लगा।

बरेली, बस स्टेशन पर पहुँचकर रहमान ने बस को खड़ा कर दिया और तंबाकू खाने चला गया। रामलौट भी दोनों महिलाओं को जलपान कराने के लिए चले गए। रामनिवास जो कि एक सज्जन यात्री थे और रामलौट के दुर्जन व्यवहार से दुखी थे। रामलौट की शिकायत किसी अफसर से करने के लिए उतरे। पूछताछ दफ्तर के पास पहुँचकर उन्होंने एक दंत रहित आदमी से पूछा जो कान में कोई लकड़ी डालकर कुछ करने की कोशिश कर रहा था।

रामनिवास ने कहा, ''भाई साहब यहाँ का बड़ा अफसर कौन है?''

उस आदमी ने कोई जवाब नहीं दिया और लकड़ी दूसरे कान में डाल दी।

रामनिवास ने थोड़ा ऊँचे स्वर में कहा, ''मैं कुछ पूछ रहा हूँ।''

उस आदमी ने झुँझलाते हुए कहा, ''हाँ, हाँ तो पूछो ना। तुम कौन हो?''

रामनिवास ने कहा, ''एक यात्री।''

उस आदमी ने बुरा सा मुँह बनाते हुए कहा, ''हाँ, तो बस में बैठो। मेरे ऊपर क्यों चढ़े आ रहे हो।''

रामनिवास ने कहा, ''मैं सिर्फ इतना जानना चाहता हूँ कि बस स्टेशन के अफसर कहाँ बैठते हैं।''

यह सुनकर उस आदमी ने रामनिवास को संदेह भरी निगाहों से घूरा और कहा, ''चरस बोने का इरादा है।''

रामनिवास चुपचाप रहे।

उस आदमी ने कान में लकड़ी डाली और बोला, ''इस बस स्टेशन की जो एकदम सुनसान जगह हो, वहीं कुछ अफसर टाइप चीज बैठते हैं।'' यह कहकर वह चुप हो गया।

रामनिवास किसी तरह उस आदमी द्वारा बताए गए स्थान पर पहुँचे, मगर वहाँ पर अफसर की जगह गाय और भैंस गोष्ठी कर रही थीं। रामनिवास चुपचाप अपनी बस की ओर चल पड़े। एक ईमानदार और सजग नागरिक इससे ज्यादा क्या कर सकता था।

बस चल चुकी थी। सभी यात्री भेड़-बकरियों की तरह, बस में डरे-सहमे बैठे थे। कुछ नए यात्रियों को भी रामलौट टिकटनुमा कोई कागज की पुर्जी देकर आधा दाम ले चुका था। जो सामान बस पर लदा था, उससे रामलौट की आमदनी और बढ़ गई।

रामनिवास ने आखिरी कोशिश करते हुए, रामलौट से कहा, ''अब तो मेरा टिकट बना दो।''

रामलौट ने अड़ियाते हुए कहा, ''तुम्हारा टिकट तो नहीं बनेगा। हम भी बहराम चौट्टा के खानदान के हैं। जाओ, जो करना है, कर लो।''

रामनिवास चुपचाप अपनी सीट पर बैठ गए।

रहमान अपनी पूरी मस्ती में बस चला रहा था। तभी सामने से आती बस ने सिग्नल दिया। रहमान ने बस रोककर उस बस के ड्राइवर से बातचीत की और बस फिर चालू कर दी।

उसने रामलौट को पास बुलाकर धीमे स्वर में कहा, ''यार, आगे बस चेक हो रही है। प्रबंध निदेशक साहब खुद, दलबल के साथ चेकिंग कर रहे हैं।''

रामलौट ने कहा, ''उनके साथ विभाग का कौन है।''

रहमान ने कहा, ''अरे सिद्दीकी साहब हैं।''

रामलौट ने कहा, ''चलिए तब तो काम बन गया।''

बस आगे बढ़ी। कुछ दूर पर तीन-चार ऐम्बैसेडर कार खड़ी थीं। रहमान को बस रोकने का इशारा हुआ। रहमान ने मुस्तैदी से बस रोक दी। कुछ लोग बस में चढ़े और रामलौट से अभिवादन हुआ। रामलौट ने बस से उतरकर प्रबंध निदेशक साहब के पैर छुए।

साहब ने रोबीली आवाज में कहा, ''सब ठीक है।''

रामलौट ने अदब से सर झुकाकर कहा, ''जी सर।''

फिर थोड़ा झिझकते हुए, रुआँसे स्वर में कहा, ''हुजूर इस बस में एक यात्री

गुण्डागर्दी कर रहा है। कोई नेता है। लखनऊ से चला है, टिकट नहीं बनवा रहा है। जान से मरवा देने की धमकी दे रहा है।''

साहब के नथुने फूल जाते हैं।

रामलौट ने रामनिवास की ओर इशारा किया। पूरा दल-बल उनके ऊपर हमला करता है और उन्हें पकड़कर साहब के सामने पेश करता है। साहब, रामनिवास के खादी के कुर्ते-पाजामे को देखकर और नाराज हो जाते हैं और गुस्से से बोलते हैं, ''आप जैसे लोगों की वजह से ही देश के हालात खराब हैं। हमारे विभाग को घाटा है। चलिए दस गुना पेनाल्टी दीजिए।'' रामनिवास के मुँह से सिर्फ इतना निकला, ''मगर सर।''

कि पूरे दल बल ने उन्हें दबोच लिया और जेब में हाथ डालकर दस गुना पेनाल्टी के बराबर का रुपया निकाल लिया।

साहब ने अपने दल के सरदार सिद्दीकी से पूछा, ''सब ठीक है।''

सिद्दीकी ने मुस्तैदी से जवाब दिया, ''जी सर।''

रामलौट ने झुककर साहब के पैर छुए। साहब ने उसकी पीठ थपथपायी और कहा, ''जाओ, इसी तरह से काम करो।''

रामलौट बस की ओर चल दिए। उसने साहब की नजर बचाकर सिद्दीकी साहब को आँख मारी और धीमे से कहा, ''आपकी मिठाई पहुँच जाएगी।'' सिद्दीकी साहब मुस्करा दिए।

बस चल दी। रामलौट खुशी से चहक रहे थे। रामनिवास रोनी सूरत लिए बैठे थे। रामलौट कह रहे थे, ''अरे इन साहब लोगों को क्या पता कि इस विभाग के असली मालिक हम लोग ही हैं। यह लोग जो जिले में दौरे पर पहुँचकर काजू टूँगते हैं, उसका पैसा हमी लोग देते हैं।'' यह कहकर उसने ठहाका लगाया बाकी यात्रीगण जो आधे दाम पर यात्रा कर रहे थे, वह भी मुस्कराए। सिर्फ रामनिवास की आँखें गीली थीं।

वोट

काशी बाबू एक बैंक में सीनियर कैशियर के रूप में नियुक्त हैं। मध्यमवर्गीय परिवार में, वह व उनकी पत्नी समेत दो युवा लड़के व लड़कियाँ भी हैं। दोनों बच्चे नए जमाने की हवा से ग्रस्त, अपने पिता की आदर्शमय सिद्धांतों की जमकर खिल्ली उड़ाते हैं। उनकी पत्नी भी अपने बच्चों का ही साथ देती है।

काशी बाबू बैंक जाने की तैयारी कर रहे हैं। उनकी पत्नी कह रही है, ''अरे, आप इस शर्ट को बदल क्यों नहीं देते। कितनी पुरानी हो गई है। क्या जरूरत है इसे पहनने की।''

काशी बाबू ने मुस्कराते हुए कहा, ''कहाँ पुरानी है। साल भर तो हुआ इसे बनवाए हुए।''

काशी बाबू का लड़का, जो कोई अंग्रेजी किताब पढ़ रहा था, बोला, ''बाबूजी, इसे बदल दीजिए। क्यों जिद कर रहे हैं। माँ ठीक कह रही हैं।''

काशी बाबू ने अपने लड़के को हड़काते हुए कहा, ''तुम चुप रहो जी। पढ़ना-लिखना तो है नहीं, सलाह देने में अव्वल हो।''

लड़के ने बुरा सा मुँह बनाया और चुप हो गया।

उनकी लड़की, जो नाश्ते की प्लेट लगा रही थी, बोली, ''बाबूजी आप बहुत जिद्दी हैं।''

काशी बाबू ने मुस्कराकर कहा, ''पिता किसका हूँ।'' बेटी भी मुस्करा दी।

काशी बाबू तैयार होकर बाहर निकले, तो पड़ोस के एक रिटायर्ड व्यक्ति जो सरकारी सेवा से अवकाश प्राप्त थे, और सभी को अपनी तरह फालतू समझते थे, काशी बाबू को मिल गए। उनका नाम दौलतराम है।

दौलतराम ने काशी बाबू से पूछा, ''कहिए काशी बाबू, क्या हालचाल है?''

काशी बाबू ने कहा, ''सब ऊपर वाले की कृपा है।'' दौलतराम ने काशी बाबू से सटते हुए कहा, ''और बताइए, इस बार विधान सभा चुनाव में किसे वोट देंगे।''

काशी बाबू ने कहा, ''देना किसे है, बैल के निशान पर मुहर लगा दूँगा। कुछ उम्मीद है इस बार इस पार्टी से।''

यह सुनकर दौलतराम ने काशी बाबू को संदेह भरी निगाहों से देखा और फिर जमीन पर पान की पीक थूकते हुए बोले, ''का पगला गए हो काशी बाबू। पूरा मुहल्ला छतरी को वोट देगा और आप बैल के ऊपर मुहर लगाओगे।''

काशी बाबू ने मुस्कराते हुए कहा, ''भाई दौलतराम जी वोट देना नागरिक का अधिकार है। मैं अपना वोट, किसे दूँ, इसका फैसला मुझे ही करना है। अब मुहल्ले वाले जिसे चाहे वोट दें।'' यह कहकर वह आगे बढ़ गए।

दौलतराम पान खाते घूरते हुए काशी बाबू को कोसने लगे, ''बड़ा सत्यवादी बनता है। सारी दुनिया से अलग ही राग अलापने के चक्कर में रहता है।'' यह कहकर वह मुहल्ले में काशी बाबू की विचारधारा का प्रचार करने के लिए निकल पड़े।

रविवार का दिन है। काशी बाबू फुर्सत से अखबार पढ़ते हुए, चाय पी रहे हैं। अखबार में रोज की लूटमार की घटना पढ़कर उनका दिमाग परेशान हो उठा। वह बुदबुदा रहे हैं, ''क्या होगा इस देश का। हर जगह राहजनी, चोरी, लूटमारी और आतंकवाद। सरकार तो जैसे लाचार हो गई है। कानून व्यवस्था का कोई नियम नहीं है।''

उनके विचारों को तोड़ते हुए मुहल्ले के कुछ प्रमुख लोगों ने उनके घर में प्रवेश किया। इनमें थे, हलवाईराम, लाला लल्लन और दौलतराम आदि। काशी बाबू ने सबका अभिवादन किया। बैठकखाने में सभी गण्यमान्य लोग उपस्थित हो गए।

हलवाईराम, जो नाम के अनुरूप ही शहर में हलवाई की दुकान चलाते थे, बोले, ''काशी बाबू, क्या हालचाल हैं आपके।''

काशी बाबू ने हाथ जोड़कर कहा, ''सब ऊपर वाले की कृपा है महाराज।''

लाला लल्लन ने, जो स्वर्ण आभूषणों की दुकान चलाते थे, और पहली बार काशी बाबू के घर आए थे बोले, ''और काशी बाबू चुनाव पास आ गए हैं। किसको वोट देने का विचार है।''

काशी बाबू ने कहा, ''अरे साहब, किसको वोट देना है। नेता तो सभी एक जैसे होते हैं। सोचा है, इस बार बैल के निशान को आजमाया जाए।''

दौलतराम जो सेवानिवृत्त थे और बाकी सभी को फालतू समझते थे, जोर से बोले, ''देखा, आप लोगों ने, मैं ना कहता था, यह साहब, अब लीक से हटकर वोट देंगे।''

लाला लल्लन ने काशी बाबू के पास पहुँचकर, कंधे पर हाथ रखते हुए कहा, ''काशी बाबू इस बार पूरे मुहल्ले ने फैसला किया है कि छतरी के निशान को वोट दिया जाए।''

हलवाईराम ने हामी भरी।

काशी बाबू थोड़ा चेहरे को गंभीर करते हुए बोले, ''देखिए साहब, मुहल्ले के लोगों ने जो फैसला किया है, वह उचित ही होगा। मगर मेरा मन तो बैल के निशान पर मुहर लगाने का करता है। हर आदमी को अपनी समझ से ही चुनाव में वोट डालना चाहिए।''

दौलतराम ने खिसियाते हुए कहा, ''यह गाँधी बाबा के चेले हैं, इनके दिमाग में बात नहीं घुसेगी।''

तभी काशी बाबू की पत्नी सबके लिए चाय ले आईं। चाय सम्मेलन के दौरान तीनों आगंतुक काशी बाबू को समझाते रहे, मगर काशी बाबू अपनी बातों पर डटे रहे। अंत में, हारकर, वह तीनों अपने घरों की ओर रवाना हो गए।

रात में खाने की मेज पर काशी बाबू को अपने लड़के से बहस करनी पड़ी। लड़का कह रहा था, ''क्या बाबूजी, आप भी बैल पर वोट देने के लिए अड़े हुए हैं। आज जमाने के साथ चलने की बात है और आप धारा के विपरीत चल रहे हैं।''

काशी बाबू ने शांत स्वर में कहा, ''देखो अगर जमाना चूल्हे में जाएगा, तो उसका साथ नहीं दूँगा। वोट देना मेरा अधिकार है और मैं उसका अपनी इच्छा से प्रयोग करूँगा।''

लड़की ने कहा, ''भइया ठीक कह रहे हैं बाबूजी। वैसे अगर आपको बैल पर निशान लगाना है, तो ठीक है। मगर यह जरूरी थोड़ी न है कि यह बात सबको बताई जाए। पोलिंग बूथ पर चुपचाप जिस निशान पर चाहे, मुहर लगा दें। आखिर डिपलोमैसी भी तो कोई चीज है।''

काशी बाबू ने कहा, ''आजकल लोगों ने डिपलोमैसी का गलत अर्थ अपना लिया है। समझौता रूपी गलत काम को डिपलोमैसी कहा जाता है। अगर कोई मुझसे पूछेगा कि मैं किसे वोट दूँगा, तो मैं झूठ नहीं बोल पाऊँगा। मुझे सत्य बोलने में विश्वास है। वोट देने के लिए झूठ बोलना मुझे कतई पसंद नहीं है।''

लड़की ने सर पकड़ते हुए कहा, ''आप भी बाबूजी।''

काशी बाबू की पत्नी ने बेटी को प्यार से डाँटते हुए कहा, ''तुम चुपचाप खाना खाओ। तुम्हारे बाबूजी बैल हैं। इनके दिमाग में यह बात नहीं घुसेगी।''

लड़के ने धीमे स्वर में कहा, ''तभी बैल पर वोट देना चाहते हैं।''

काशी बाबू ने थोड़ा क्रोध से पूछा, ''क्या, कहा तुमने?''

लड़के ने जल्दी से उत्तर दिया, ''कुछ नहीं बाबूजी।'' फिर सारा परिवार शांति से भोजन करने लगा।

चुनाव का दिन नजदीक आने लगा। प्रचार चालू था। दिन भर, विभिन्न प्रकार के वाहन, विभिन्न पार्टियों का वैनर लगाए, लाउडस्पीकर पर शोर मचाते हुए, सड़कों

पर दौड़ रहे थे। घरों पर जाकर जनप्रतिनिधि, जनता को अपना परिचय दे रहे थे और वोट उन्हीं को देने की प्रार्थना कर रहे थे। दौलतराम एक दिन फिर काशी बाबू को समझाने उनके घर पहुँचे। महाराज, अब भी मान जाओ, क्यों जोखिम मोल लेते हो, छतरी के निशान पर ही मुहर लगाना।

दौलतराम की बात सुनकर, काशी बाबू ने झुँझलाते हुए कहा, "यार दौलतराम जी हद हो गई। एक मेरे बैल के निशान पर मोहर लगाने से क्या होगा? जबकि पूरा मुहल्ला छतरी को वोट देगा, मेरे एक वोट की अहमियत क्या होगी।"

दौलतराम ने चिढ़ते हुए कहा, "एक वोट के बहुत मायने हैं। पूरी सरकार गिर सकती है।" यह कहकर वह पैर पटकते हुए चले गए।

काशी बाबू घर में बैठ सोच रहे थे। उनकी समझ में नहीं आ रहा था कि उनके वोट का इतना मूल्य हो गया है। मुहल्ले के कई लोगों ने उनसे बोलना छोड़ दिया। कई लोग पीठ पीछे उनकी बुराइयाँ करने लगे। घर में भी उनके परिवार के लोग नाराज थे। उनकी समझ में नहीं आ रहा था कि वह क्या करें? उनके एक वोट के पीछे, सारी दुनिया उनके पीछे पड़ गई है।

वह यह सोच-विचार ही रहे थे कि, उनके घर के दरवाजे पर दस्तक हुई। उनकी पत्नी व बच्चे बाहर गए हुए थे। दरवाजा उन्होंने खोला। सामने कुछ दबंग किस्म के लड़के खड़े थे, जो छतरी पार्टी के समर्थक थे। उसमें से एक ने कड़कती आवाज में पूछा, "क्यों रे, तू ही काशी बाबू है!"

काशी बाबू ने इस तरह से संबोधित होने पर आपत्ति करते हुए कहा, "हाँ, मगर आप लोग कौन हैं? इस तरह से कैसे बोल रहे हैं?"

उनमें से एक नवयुवक ने काशी बाबू को धक्का दिया और कहा, "अंदर चल चुपचाप।"

काशी बाबू धक्का लगने से गिरते-गिरते बचे। काशी बाबू कुछ कहते इससे पहले उनमें से एक लड़के ने गुर्राती आवाज में कहा, "सुनबे, बुड्ढे! ज्यादा होशियारी मत दिखा। जरा ध्यान से सुन। पूरे मुहल्ले में एक तू ही है, जो छतरी पर वोट देने से मना कर रहा है। अब दो दिन बाद वोटिंग है। तू चुपचाप वोटिंग वाले दिन घर में बैठकर रामायण पढ़ियो। बाहर दिखाई दिया तो हाथ-पैर तोड़ कर रख दूँगा।" धमकी देकर, सब घर से बाहर निकल गए।

काशी बाबू चुपचाप सोचते रहे कि क्या इसी सबके लिए गाँधीजी ने बलिदान दिया था। यही है आजादी। तभी उनकी पत्नी ने प्रवेश किया।

उन्होंने पूछा, "यह सब लड़के क्यों आए थे?"

काशी बाबू ने कहा, "कुछ नहीं, सब चुनाव प्रचार के सिलसिले में आए थे।"

पत्नी ने सब्जी का झोला मेज पर रखते हुए पसीना पोंछा और कहा, "शक्ल से तो सब एक नंबर के बदमाश लग रहे थे।"

तभी उनके लड़के ने घर में प्रवेश किया और बोला, ''माँ वह सब गुंडे ही थे। बाबूजी को धमकी देने आए थे। दौलतराम अंकल का लड़का मुझे बता रहा था।''

यह सुनकर काशी बाबू की पत्नी घबरा गई।

उन्होंने पूछा, ''क्यों जी? यह सही कह रहा है।''

काशी बाबू ने कहा, ''अरे बकवास कर रहा है।''

फिर उन्होंने लड़के को डाँटते हुए, ''चुपचाप जा के पढ़ो। क्यों फालतू बात पर ध्यान देते हो।'' काशी बाबू यह कहकर अपने कमरे की ओर चले गए।

मतदान का दिन है। सभी जगह लोग अपने मत प्रयोग के लिए निकल पड़े। जिला प्रशासन मुस्तैदी से चुनाव कराने में जुटा हुआ है। विभिन्न राजनीतिक दलों के लोग, अपने समर्थकों को इकट्ठा करने में जुटे हुए हैं। काशी बाबू सुबह से अपने कमरे में तैयार होकर चहलकदमी कर रहे हैं। वह इस सोच में पड़े थे कि क्या किया जाए? उनका लड़का अपने दोस्तों के साथ निकल चुका था। उनकी पत्नी ने उन्हें कसम दे रखी थी कि वह आज वोट डालने न जाएँ। वह परेशान थे। उनका चेहरा पसीने से नहा चुका था। उनकी लड़की ने कमरे में प्रवेश किया। उसने अपने पिता को पहले कभी ऐसी हालत में नहीं देखा था।

लड़की ने कुछ निश्चय कर कहा, ''बाबूजी दिन के बारह बज चुके हैं। आप वोट डालने नहीं गए।''

काशी बाबू को अपनी लड़की की बात सुनकर आश्चर्य सहित खुशी महसूस हुई।

उन्होंने कहा, ''तुम्हारी माँ ने रोका है।''

लड़की ने कहा, ''आप जाइए। मैं माँ को मना लूँगी।''

काशी बाबू ने नेत्र में दो बूँद आँसू के ढुलक आए। उन्होंने अपनी लड़की के सर पर हाथ फेरा और घर से बाहर निकल आए।

कुछ दूर चलने के बाद, उनको वही दबंग लड़के दिखाई दिए। वह नजर बचाकर जाने लगे। लड़कों के हाथों में हॉकी की स्टिक थी। उन्होंने काशी बाबू को घेर लिया। तभी साइरन बजने की आवाज सुनाई दी। लड़के साइरन सुनकर भाग खड़े हुए। एक गाड़ी काशी बाबू के पास आकर रुकी। गाड़ी में जिले के जिलाधिकारी विराजमान थे। उन्होंने काशी बाबू से पूछा, ''क्या बात है महाशय?''

काशी बाबू ने कहा, ''कुछ नहीं। अपने मतदान वाले कर्तव्य को निभाने की कोशिश कर रहा हूँ।''

जिलाधिकारी ने अपने वाहन का दरवाजा खोलकर उन्हें बैठने का इशारा किया और कहा चलिए हम आपका कर्तव्य पूरा करवाते हैं।

काशी बाबू गाड़ी में बैठ गए। गाड़ी मतदान केंद्र की ओर दौड़ पड़ी। काशी बाबू की आँखों में खुशी के आँसू थे।

दोषी कौन

लाल बत्ती कार में घूमते हुए, यह कौन हैं? यह हैं, राज्य सरकार के मंत्री पुत्र रंजन। रंजन 12 फेल है और कोई भी ऐसा दुष्कर्म नहीं है, जो वो ना करते हों। मंत्री पुत्र होने का घमंड उनके शरीर में घुलमिल गया था। मंत्री जी को अपने पुत्र के कारनामे की जानकारी थी, मगर वह अनदेखा करते थे क्योंकि उनको पता था कि उनके पुत्र को राजनीति में आना था और राजनीति में हर तरह का दाँव-पेंच संभव है।

रंजन के दो-तीन दोस्त भी हैं, जो उसी की तरह मनचले हैं। वह रंजन के पिता की शानशौकत से प्रभावित हो रंजन का साथ दिए रहते हैं। रंजन अपने दोस्तों को खिलाने-पिलाने में आगे रहता है। आज, अपने दोस्तों के साथ रंजन पाँच सितारा होटल में बैठा, खा-पी रहा था। उनके साथ, उनके पिता द्वारा दिए गए सरकारी और गैर-सरकारी हथियारबंद अंगरक्षक भी थे। सभी लोग शराब के नशे में धुत थे। उसी समय नृत्य चालू हुआ। कुछ युवक-युवतियाँ, अंग्रेजी गाने के स्वर पर थिरकने लगे। लड़कियों को देखकर, रंजन भी अपने दोस्तों व अंगरक्षकों के साथ नृत्य के लिए पहुँचा। नृत्य के बीच में, उसने अपने दोस्तों के साथ, वहाँ नृत्य कर रही युवतियों के साथ छेड़छाड़ शुरू कर दी। वहाँ उपस्थित लोगों ने आपत्ति जताई। माहौल में तनाव व गर्मागर्मी उत्पन्न हो गई। रंजन ने गुस्से में आकर अपनी पिस्तौल निकालकर हवा में कई गोलियाँ दाग दीं। होटल में भगदड़ मच गई। मैनेजर ने पुलिस बुला ली। पुलिस के अफसर, रंजन का परिचय जानकर उल्टे पाँव वापस हो गए। रंजन ने जबरदस्ती नृत्य चालू करवाया। सवेरे अखबार में यह खबर छप गई।

रंजन के पिता का नाम गजाधर नाथ था। वह राज्य के गृहमंत्री थे। उन्होंने अपने इकलौते पुत्र रंजन को बुलाकर पूछा, "रंजन, कल होटल में क्या हुआ था?"

रंजन ने बेफिक्री से कंधे उचकाते हुए कहा, "कुछ नहीं; बस जरा पिस्तौल की गोली गलती से दग गई थी।"

गजाधर नाथ की पत्नी लक्ष्मी, अपने पुत्र रंजन के कारनामों से भली-भाँति

परिचित थी और रंजन को बुराइयों से बचाना चाहती थी, गुस्से में बोली, ''पिस्तौल गलती से चल गई थी या तुमने जानबूझकर चलाई थी।''

रंजन ने चुपचाप सर झुका लिया।

लक्ष्मी ने रंजन को डाँटना शुरू किया, ''तुम्हारा दिमाग खराब हो गया है। रात भर घर से गायब रहना और फिर दिन में भी मटरगश्ती करना। अपनी पिस्तौल लाकर मुझे दो।''

रंजन ने अपने पिता गजाधर नाथ की ओर देखा। गजाधर नाथ ने अपनी पत्नी को चुप कराते हुए कहा, ''अब चुप भी करो। बहुत हो गया। रंजन तुम जाओ।''

रंजन तुरंत रफूचक्कर हो गया।

लक्ष्मी ने अपने पति को डाँटते हुए कहा, ''आप ही इसे बिगाड़ रहे हैं।''

गजाधर नाथ ने कहा, ''अरे भाई, एक ही लड़का है मेरा। उसके खेलने-खाने की उम्र है जाने दो।'' यह कहकर वह अखबार पढ़ने लगे। लक्ष्मी क्रोधित हो, अपने कमरे में चली गई।

संजय ने अभी, बारहवीं का इम्तिहान पास किया था। पिता, एक सरकारी विभाग में मामूली क्लर्क थे। उनकी इच्छा संजय को इंजीनियर बनाने की थी। इसीलिए कर्जा लेकर वह, संजय को कोचिंग भी करा रहे हैं। संजय को उसके पिता समझा रहे थे, ''देखो बेटा, जल्दी इंजीनियरिंग कालेज में दाखिला ले लो। ताकि हम लोगों का सपना पूरा हो सके।''

संजय, पॉलीथिन में अपनी कॉपी किताबें रखकर कोचिंग जाने की तैयारी कर रहा था।

पिता ने उससे कहा, ''संजय, तुम्हें कोचिंग में पढ़ते, शाम हो जाती है। इसीलिए पढ़ने के बाद सीधे घर आना। आजकल जमाना बहुत खराब है।'' संजय ने धीमे से सर हिलाया और साइकिल लेकर घर के बाहर आ गया।

रंजन का मुँह लटका हुआ था। दोस्त उससे कारण पूछ रहे थे। रंजन ने कहा, ''कुछ नहीं यार? मम्मी ने आज फालतू में डाँट पिला दी।''

दोस्तों ने उसे धीरज बँधाया। एक बोला, ''चलो रंजन तुम्हारा मूड फ्रेश करते हैं। चलो बार में चलकर बीयर पीएँगे और वहीं पर एक रेस्तराँ है, वहाँ पर लड़कियाँ अच्छी आती हैं।''

दूसरे दोस्त ने कहा, ''हाँ यार, नई चिड़ियों को देखकर तुम्हारा मूड फ्रेश हो जाएगा।'' रंजन ने सहमति जताई और सब रंजन की गाड़ी में सवार होकर चल पड़े।

बीयर और शराब के नशे में धुत रंजन व उसके मित्र, हर आने-जाने वाली लड़कियों को निहार रहे थे। उसमें से कुछ लड़कियों के ऊपर वह अपशब्द भी प्रयोग कर रहे थे। लड़कियाँ चुपचाप सर झुकाकर, मनचलों की बातों को अनदेखा कर

रही थीं। रंजन और उनके मित्रों का नशा पूरे जोर पर था। तभी एक लड़की माडर्न परिधान में सजी, यानी जीन्स टाप पहने हुए, गाड़ी से उतरी। लड़की का पहनावा उन्मुक्त वातावरण से प्रेरित लगता था। रंजन के मित्रों ने उस लड़की को देखकर सीटी बजाई।

एक ने जोर से कहा, "वाह क्या माल है!"

दूसरे ने कहा, "क्या हसीना मान जाएगी।"

यह सुनकर लड़की का चेहरा गुस्से से लाल हो गया। वह रंजन व उसके मित्रों के पास पहुँची और कहा, "क्या कहा तुम लोगों ने?"

रंजन ने लड़की को ऊपर से नीचे घूरते हुए कहा, "कुछ भी कहा हो। तुमसे क्या मतलब है।"

लड़की गुस्से से बिफर उठी, "ज्यादा होशियारी मत दिखाओ मिस्टर। अभी पुलिस को बुलाऊँगी तो सारी बदमाशी अंदर हो जाएगी।"

यह सुनते ही रंजन को गुस्सा आ गया। उसने लड़की का हाथ पकड़ लिया और उसे अपनी गाड़ी में ढकेलते हुए कहा, "साली! बहुत बोल रही है। अभी मजा चखाता हूँ।" लड़की उसके हाथ से छूटने की कोशिश करने लगी। रंजन ने उसे गाड़ी में ढकेल दिया, जिसमें उसके दोस्तों ने मदद की। गाड़ी में रंजन ने लड़की के कपड़े फाड़ दिए। लड़की चिल्लाने लगी। तब तक वहाँ काफी भीड़ जमा हो गई थी। काफी भीड़ जमा हो जाने के कारण रंजन व उसके मित्र, उस लड़की को गाड़ी से ढकेलकर रफूचक्कर हो गए।

अगले दिन सुबह, पूरे शहर में हाहाकार मच गया था। अखबारों में सुर्खियों में लिखा गया था कि केंद्रीय मंत्री की लड़की के साथ राज्य के गृहमंत्री के लड़के ने छेड़छाड़ की। कई सरकारी विभागों में फोन बजने लगे। केंद्रीय मंत्री ने इस बात को लेकर राज्य के मुख्यमंत्री व आला अफसरों को आड़े हाथों लिया। गजाधर नाथ को लगा कि इस प्रकरण में कहीं उनकी कुर्सी ही न चली जाए। जैसे कि हर नेता को अपनी कुर्सी जान से ज्यादा प्यारी होती है, उसी प्रकार गजाधर नाथ को भी अपनी कुर्सी प्राण-प्रिय थी। उन्होंने रंजन को बुलाकर खूब डाँटा। यहाँ तक दो थप्पड़ भी रसीद कर दिए और उसे घर से बाहर न निकलने के निर्देश दिए।

उन्होंने दुखी स्वर में कहा, "लक्ष्मी, अब क्या होगा? बेटे ने तो लगता है मेरा बेड़ा गर्क कर दिया।"

उनकी पत्नी लक्ष्मी ने कहा, "मैं तो पहले से ही कहती थी कि अपने बेटे को काबू में रखो। मगर तुम, मेरी एक नहीं सुनते थे।"

गजाधर नाथ ने धीमे स्वर में कहा, "अब क्या होगा?" तभी फोन की घंटी बजी। फोन मुख्यमंत्री जी का था। गजाधर नाथ को फटकार लग रही थी।

गजाधर नाथ ने फोन पर कहा, "कुछ करिए, एकलौता पुत्र है मेरा।"

उधर से मुख्यमंत्री जी की दहाड़ सुनाई दी, ''मैं क्या करूँ? केंद्रीय मंत्री भुजंगबल जिद पर अड़ गए हैं। अपनी पार्टी के हैं।''

गजाधर नाथ ने गिड़गिड़ाते हुए कहा, ''किसी तरह से उनको समझाइए। आपकी बात को समझ जाएँगे।''

मुख्यमंत्री जी ने कहा, ''ठीक है, मगर तुम किसी को इस जुर्म में गिरफ्तार तो कराओ। गृहमंत्री हो तुम।'' यह कहकर उन्होंने फोन फटक दिया।

गजाधर नाथ ने तुरंत प्रदेश के प्रमुख पुलिस अफसर को तामिल किया और कहा, ''क्यों जी, तुमने केंद्रीय मंत्री भुजंगबल की लड़की की छेड़खानी वाले कांड में अभी किसी को गिरफ्तार क्यों नहीं करवाया? क्या अपनी सीट से हटना चाहते हो।'' पुलिस अफसर सोच में पड़ गए। शहर का बच्चा-बच्चा जानता था कि यह काम गजाधर नाथ के लड़के का किया हुआ है। फिर वह किसे गिरफ्तार करते।

गजाधर नाथ ने कहा, ''क्या कबूतर की तरह टुकर-टुकर देख रहे हैं। इस कांड में मुझे गिरफ्तारी चाहिए। चाहे किसी की भी करें।'' पुलिस अफसर को बात समझ में आ गई और वह गजाधर नाथ को सैल्यूट मारकर चला गया। पुलिस ने तत्परता और मुस्तैदी दिखाते हुए, एक लड़के को गिरफ्तार कर लिया। अखबारों में यह खबर छप गई कि केंद्रीय मंत्री की पुत्री के छेड़खानी वाले प्रकरण में पुलिस ने एक लड़के को गिरफ्तार कर लिया। लेकिन दबे जुबान सारे शहर में यह शोर था कि पुलिस ने जिस लड़के को गिरफ्तार किया है, वह बेगुनाह है।

संजय, दो दिन से घर से लापता था। उसके पिता ने हर जगह तलाश कर लिया मगर उसका कहीं पता नहीं चला। हार कर वह थाने पहुँचे। जब उन्होंने रिपोर्ट लिखानी चाही और संजय की फोटो दिखाई, तो उसे इंस्पेक्टर के पास भेज दिया गया।

इंस्पेक्टर ने उसे ऊपर से नीचे, खा जाने वाले नेत्रों से घूरा और फिर कहा, ''क्या बात है?''

संजय के पिता ने रुआँसे स्वर में कहा, ''मेरा लड़का दो दिन से लापता है, सर। उसकी रिपोर्ट लिखानी है।''

इंस्पेक्टर ने कहा, ''उसकी फोटो लाए हो?''

संजय के पिता ने संजय की फोटो निकालकर इंस्पेक्टर को दे दी। इंस्पेक्टर ने फोटो को इतने नजदीक से देखा कि लगा वह फोटो सूँघ रहा है। फिर बोला, ''यह लड़का लापता नहीं हुआ है। इसे हमने हवालात में बंद कर रखा है। इसके ऊपर केंद्रीय मंत्री की लड़की से छेड़खानी करने का आरोप है।''

'यह सुनकर, संजय के पिता के ऊपर मानों हजारों वाटों की बिजली गिर पड़ी हो। बड़ी मुश्किल से उसने अपने को काबू कर कहा, ''सर! ऐसा नहीं हो सकता। मेरा लड़का बहुत सीधा है। आपसे कोई गलतफहमी हुई है।''

इंस्पेक्टर ने गजरते हुए कहा, "चोप बे! हम पुलिसवालों से कोई गलतफहमी नहीं होती है। अब तू भाग यहाँ से।" यह सुनकर संजय के पिता की आँखों से अविरल आँसू बहने लगे।

उसने रोते हुए इंस्पेक्टर से कहा, "सर! एक बार मुझे लड़के से मिलवा दीजिए।"

उसको रोता देखकर पता नहीं क्यों इंस्पेक्टर का हृदय द्रवित हो गया, क्योंकि उसने अपने जीवन में बहुत लोगों को रुलाया था। इंस्पेक्टर ने घंटी बजाकर, एक सिपाही को बुलाया और उसे संजय को लाने को कहा।

संजय जिसका शरीर मार से सूज चुका था, वहाँ आया। पिता से उसकी आँख मिलते ही वह फूट-फूटकर रोने लगा। उसे इस हालत में देखकर, पिता भी रोने लगे। संजय ने रोते हुए कहा, "बाबूजी मैंने कुछ नहीं किया है।"

उसके पिता ने उसे गले लगाते हुए कहा, "मुझे पता है बेटा।"

इंस्पेक्टर यह सुनकर चिढ़ गया। उसने कहा, "अच्छा, अब बहुत हो गया भरत मिलाप।" फिर उसने सिपाही को इशारा किया। सिपाही संजय को वापस हवालात में ले जाने लगा। संजय जोर-जोर से रोने लगा।

संजय के पिता ने कहा, "सर! मैं इसकी जमानत कराना चाहता हूँ।"

इंस्पेक्टर ने बुरा सा मुँह बनाते हुए कहा, "अभी इसकी केंद्रीय मंत्री की लड़की द्वारा शिनाख्त करवाई जाएगी। उसके बाद जमानत की सोचना।"

संजय का पिता, इंस्पेक्टर के पैरों में गिर पड़ा।

इंस्पेक्टर ने उसे हटाते हुए कहा, "देखो भाई, मैं कुछ नहीं कर सकता। यह बड़े लोगों का मामला है।"

संजय का पिता मायूस हो थाने से बाहर निकला। वह सिर्फ यही सोच रहा था कि बड़े लोगों का मामला है, तो उस मामूली आदमी के लड़के को क्यों पकड़ लिया है।

केंद्रीय मंत्री भुजंगबल, आज शहर में आए हुए थे। यह उनका संसदीय क्षेत्र था और दिल्ली में केंद्रीय मंत्री का राज था। परिवार उनका इसी शहर में रहता था। भुजंगबल पार्टी के प्रमुख लोगों से मिलकर घर में आए। उनकी लड़की गुमसुम बैठी थी।

भुजंगबल ने अपनी लड़की को दुलारते हुए कहा, "क्या हो गया अर्चना बेटी! क्यों दुखी हो!"

अर्चना अपने पिता के बोल सुनकर रोने लगी।

भुजंगबल ने उसके पास बैठकर उसके बालों को सहलाते हुए कहा, "चुप हो जाओ अर्चना। तुम्हारे अपराधी को पकड़ लिया गया है।"

अर्चना ने सुबकते हुए कहा, "पापा, आप भी जानते हैं पुलिस ने गलत लड़के को पकड़ा है।"

भुजंगबल ने कहा, ''पता है, पर क्या किया जा सकता है। गजाधर नाथ अपनी ही पार्टी का है।''

अर्चना ने गुस्से से कहा, ''इसका मतलब यह थोड़े ना है कि उनका लड़का मनमानी करेगा।''

भुजंगबल ने कहा, ''गजाधर नाथ बहुत लज्जित हैं। वह कई बार मुझसे माफी माँग चुके। उन्होंने अपने लड़के को तुमसे पैर पर गिरकर माफी माँगने के लिए भी कहा है।''

अर्चना ने कहा, ''मुझे नहीं माफी मँगवानी है, उस जानवर से।''

भुजंगबल ने अर्चना को समझाते हुए कहा, ''बेटी! अब सभी की भलाई इसी में है कि तुम उस लड़के को पहचान लो, जिसे पुलिस ने पकड़ा है।'' अर्चना यह सुनकर चुप हो गई। भुजंगबल उसे समझा-बुझाकर पार्टी के कुछ खास लोगों से मिलने चले गए।

थाने में अर्चना को आज उसके द्वारा छेड़खानी किए गए लड़के की पहचान करनी थी। अर्चना चुपचाप भारी पुलिस व्यवस्था के थाने पहुँची। प्रदेश के आला अफसर वहाँ मौजूद थे। कुछ अर्चना को हिदायत दे रहे थे—''बेटी, घबराना मत। सिर्फ उस लड़के को पहचान लेना।'' ''घबराने की जरूरत नहीं है, मैडम, हम आपके साथ हैं।''

संजय को निरीह प्राणी की तरह हथकड़ी में बाँधकर अर्चना के सामने लाया गया। रोते-रोते उसकी आँखें सूज के लाल हो चुकी थीं। कपड़े गंदे हो चुके थे। अर्चना को पहली ही नजर में संजय पर दया आ गई। संजय की मासूम आँखें दहशत से भरी हुई थीं। अर्चना का दिल द्रवित हो उठा। मगर उसकी पिता की सीख और परिवार की इज्जत बार-बार उसके सामने आ रही थी। उसने धीमे स्वर में सर हिलाया और वापस आने के लिए मुड़ गई। वहाँ मौजूद कई पुलिस वाले, संजय के ऊपर टूट पड़े, ''मारो साले को लड़की छेड़ता है। हरामी है साला। टाँग तोड़ दो इसकी।'' संजय अपने पैरों पर खड़ा न रह सका और गिर पड़ा।

अर्चना हौले-हौले कदम रखते हुए चल रही थी। उसे संजय की चीखें सुनाई दीं। उसका चेहरा तनावग्रस्त था। उसने कुछ कदम और रखे और फिर वापस मुड़ गई। उसने देखा कि संजय को कुछ सिपाही घसीटते हुए ले जा रहे हैं। अर्चना ने भर्राये गले से आवाज लगाई, ''छोड़ दो इसे।'' मगर उसके गले से आवाज नहीं निकली उसने लगभग चीखते हुए कहा, ''छोड़ दो इसे, यह वह लड़का नहीं है।''

एक पुलिस अफसर ने उसे टोका, ''यह क्या कह रही हैं आप?''

अर्चना ने रोते हुए कहा, ''मैं ठीक कह रही हूँ। यह वह लड़का नहीं है, छोड़ दीजिए इसे।''

सिपाहियों ने संजय को छोड़ दिया। अर्चना का चेहरा आँसुओं से भर गया था। वह दौड़ते हुए बाहर चली गई।

नवजात

शहर के बीचोंबीच एक सरकारी अस्पताल है। शहर के जितने बीमार, परेशान, मरीज आदि इसी जगह अपना इलाज कराते हैं। इलाज क्या कराते हैं, अपने आप भगवान भरोसे ठीक हो जाते हैं, क्योंकि डॉक्टर लोग दवा ठीक से लिखने की कोशिश करते हैं और मरीज इसी कोशिश में दौड़भाग कर, खुद ही ठीक हो जाता है।

यह कहानी, एक महाशय लफोदन की है जो जीवन बीमा में काम करते हैं। काम क्या करते हैं लागों का जीवन बीमा करते हैं। यानि की मामूली आदमी। इनकी पत्नी अचानक भगवान की दया से गर्भवती हो गई और मौके पर, लफोदन उन्हें सरकारी अस्पताल के जच्चा-बच्चा केंद्र में एडमिट कराने के लिए पहुँचे।

हमेशा की तरह जनरल वार्ड में भर्ती कराने के लिए सिफारिश की माँग की गई। लफोदन बिना सिफारिश के आदमी हैं। उन्होंने डॉक्टर से हाथ जोड़कर कहा, ''डॉक्टर साहब, बैड दिलवा दीजिए, बड़ी मेहरबानी होगी।'' डॉक्टर जो दक्षिण भारत के किसी क्षेत्र के मेडिकल कालेज से भारी रकम दान कर डॉक्टर बना था, सिर्फ डोनेशन का महत्त्व समझता था। यह बात लफोदन को पता नहीं थी क्योंकि लफोदन मूर्ख इंसान थे, उन्हें यह सब पता करके रखना चाहिए था क्योंकि आजकल व्यवसायीकरण का जमाना है। हर चीज का मूल्य आँका जा रहा है। दुनिया 21वीं शताब्दी में पहुँच चुकी है।

लफोदन डॉक्टर के सामने गिड़गिड़ा रहे थे, ''डॉक्टर साहब मेरी पत्नी को एडमिट करवा दीजिए।''

डॉक्टर आले से अपना कान खुजाते हुए बोला, ''आप कौन?''

लफोदन ने कहा, ''मैं लफोदन।''

डॉक्टर ने कहा, ''आप क्या करते हैं?''

लफोदन ने कहा, ''जी मैं जीवन बीमा में हूँ।''

डॉक्टर ने झुंझलाते हुए कहा, ''तो जाइए लोगों का जीवन बीमा करिए।''

लफोदन ने कहा, "डॉक्टर साहब मेरी बीवी को लड़का होने वाला है।"

डॉक्टर साहब ने कहा, "तो मेरी गलती है?"

लफोदन ने कहा, "साहब जनरल वार्ड में एक बैड दिलवा दीजिए।"

डॉक्टर ने भुनभुनाते हुए कहा, "यह मेरा काम नहीं है। जाकर नर्स से मिलिए।"

लफोदन चुपचाप वहाँ खड़ा हो गया। तभी एक संदिग्ध व्यक्ति वहाँ पहुँचा और उसने एक नोटों से भरा बंडल, डॉक्टर के जेब में डाल दिया और ऐसी फुसफुसाहट कान में की, जो वहाँ मौजूद सभी लोग सुन लें, "डॉक्टर साहब यह ओझा, एक्स-रे एवं अल्ट्रासाउंड वालों का महीना है। ओझा साहब कह रहे थे कि आजकल आप बहुत कम केस भेज रहे हैं।"

डॉक्टर साहब ने कहा, "ठीक है, ठीक है। देखेंगे।" वह आदमी रहस्यमय तरीके से गायब हो गया।

तभी दूसरा व्यक्ति वहाँ उजागर हुआ और बोला, "डॉक्टर साहब जल्दी चलिए, सचिव चिकित्सा साहब ने बुलाया है।"

डॉक्टर ने कहा, "क्यों क्या हुआ, सचिव साहब की तबीयत खराब है।"

उस आदमी ने कहा, "नहीं साहब के कुत्ते की तबीयत खराब है।"

डॉक्टर ने बौखलाते हुए कहा, "अरे कुत्ता बीमार है तो किसी जानवर वाले डॉक्टर को ले जाओ।"

उस आदमी ने जिद करते हुए कहा, "नहीं साहब कह रहे हैं कि अगर उनका इलाज आप कर सकते हैं, तो उनके कुत्ते का भी कर लेंगे। वैसे दो जानवर वाले डॉक्टर वहाँ मौजूद हैं।"

डॉक्टर ने कहा, "अच्छा चलो। गाड़ी लाए हो।"

उस आदमी ने कहा, "जी।"

डॉक्टर ने अपना बैग उठाया। लफोदन जो वहीं खड़े थे, बोले, "डॉक्टर साहब मेरी पत्नी को लड़का होने वाला है।"

डॉक्टर ने कहा, "अरे भाई मैंने थोड़ी ना लड़का पैदा करने के लिए कहा है। तुम्हीं लोगों की वजह से तो जनसंख्या बढ़ रही है।" यह कहकर, वह बैग हिलाते हुए चला गया।

लफोदन बुदबुदाए, "मेरी वजह से कैसे जनसंख्या बढ़ रही है। शादी के चार साल बाद तो पहला बच्चा होने वाला है।"

लफोदन नर्स के पास खड़े अपनी पत्नी को जनरल वार्ड में एडमिट करने को कह रहे थे। "सिस्टर मेरी पत्नी को एडमिट कर लीजिए। बच्चा होने वाला है।" नर्स भीमकाय व्यक्तित्व की मालकिन थी जिसकी आँखें लाल हैं और जिसे देखकर गर्भवती महिला को 'लेवर-पेन' शुरू हो जाने की शिकायत हो जाए उन्हीं लाल आँखों से घूरते हुए नर्स ने पूछा, "तुम कौन?"

लफोदन ने नर्स के भयानक डील-डौल, से घबराते हुए कहा, "जी लफोदन।"

नर्स ने कहा, "तुम हमारे लिए क्या कर सकते हो?" लफोदन ने अपना दिमाग तेजी से दौड़ाया और बोला, "मैं आपका जीवन बीमा कर सकता हूँ।" नर्स ने चीखते हुए कहा, "दिमाग खराब है तुम्हारा, मेरा जीवन बीमा करेगा तू।" नर्स की दहाड़ सुनकर लफोदन गिरते-पड़ते वहाँ से भागे।

लफोदन की गर्भवती पत्नी वहीं अस्पताल में लगी बेंच पर बैठी हुई अपने पति को कोस रही थी—"कैसे मूर्ख पति से पिताजी ने शादी कर दी। अभी तक एक बैड का इंतजाम नहीं कर पाया। इससे तो अच्छा मैं घर पर ही ठीक थी।"

लफोदन वहीं बगल में बैठे, सांत्वना दे रहे थे, "ऐसा मत कहो। मैं जल्दी से तुम्हारे लिए बैड ढूँढ़ दूँगा।"

उसकी पत्नी ने चिढ़ते हुए कहा, "कब ढूँढ़ोगो। जब लड़का यहीं बेंच पर पैदा हो जाएगा।"

लफोदन ने कहा, "नाराज मत हो। मैं तुम्हारे लिए नीबू पानी लाता हूँ।"

उसकी पत्नी ने गुस्से से कहा, "मुझे नहीं पीना है तुम्हारा नीबू पानी।" लफोदन चुप हो गए। तभी वहाँ से एक वार्ड ब्वॉय गुजरा। वह लफोदन व उसकी पत्नी को देखकर रुक गया।

उसने लफोदन से पूछा, "क्या लड़का होने वाला है।"

लफोदन ने कहा, "मुझे नहीं मेरी पत्नी को।"

वार्ड ब्वॉय ने झेंपते हुए कहा, "वही मतलब है।" फिर रहस्यमय आवाज में कहा, "तुम्हें बैड चाहिए।"

लफोदन ने कहा, "हा भाई।"

वार्ड ब्वॉय ने चोर नजरों से इधर-उधर देखा और फिर बोला, "पाँच सौ लगेंगे।"

लफोदन ने कहा, "बहुत ज्यादा हैं।" यह सुनकर उसकी पत्नी ने गुस्से से उसे कोहनी मारी।

वार्ड ब्वॉय ने कंधे उचकाते हुए कहा, "सोच लो, यहाँ तो कई लोग बच्चा पैदा करने आते हैं। तुम नहीं दोगे तो कोई और देगा। हमारे देश में बच्चा पैदा करने वालों की कोई कमी नहीं है।"

लफोदन ने पसीना पोंछते हुए, जेब से पाँच सौ रुपए निकालकर, वार्ड ब्वॉय को दिए। वार्ड ब्वॉय ने तुरंत, लफोदन की पत्नी को जच्चा-बच्चा केंद्र में एक बैड उपलब्ध करा दिया। लफोदन की पत्नी, जनरल वार्ड में विधिवत एडमिट हो गई।

लफोदन की पत्नी का चैकअप डॉक्टर ने किया और लफोदन को देखकर मधुर मुस्कान फेंकी और चला गया। वह भयानक नर्स जो भीमकाय शरीर की मालकिन थी, उधर से गुजरी वह भी मुस्कराई। लफोदन इस मुस्कराहट का रहस्य नहीं समझ पाए। वार्ड ब्वॉय भी उधर से गुजरा।

लफोदन ने उससे पूछा, "क्या बात है, आज डॉक्टर साहब और नर्स हमसे बहुत खुश नजर आ रहे हैं।"

वार्ड ब्वॉय ने व्यंग्य से मुस्कराते हुए कहा, "तुम कोई अमिताभ बच्चन हो कि वह लोग तुम्हें देखकर मुस्कराएँगे। यह तुम्हारे पाँच सौ रुपए का कमाल है।"

लफोदन को इस रहस्यमयी मुस्कराहट का कारण पता चला। डॉक्टर एक बार फिर उधर से गुजरा। उसने लफोदन की पत्नी का मुआयना किया, फिर एक कागज पर कुछ दवा लिखकर, लफोदन को पकड़ाया और बोला, "यह कुछ दवा और इंजेक्शन हैं। बाजार से खरीदकर ले आओ। तुम्हारी बीवी को किसी भी समय डिलीवरी हो सकती है।"

लफोदन ने कहा, "डॉक्टर साहब क्या अस्पताल से यह दवा नहीं मिलेगी।"

डॉक्टर ने थोड़ा गुस्सा दिखाते हुए कहा, "खैराती अस्पताल बनाए हो क्या? लगता है पहली बार लड़का पैदा कर रहे हो।" लफोदन ने हौले से "हाँ" में सर हिलाया जैसे उसने बहुत बड़ा गुनाह किया हो। फिर वह दवा लेने दुकान पर गया। दवा की दुकान पर उसे वही दवाई मिली जो नाट फार सेल थी यानि जो बिक्री के लिए नहीं थी। लफोदन के दिमाग में फिर जिज्ञासा जगी।

उसने दुकानदार से पूछा, "भाई, यह दवाई तो 'नाट फार सेल' है।"

दुकानदार ने गुर्राते हुए कहा, "दवा लेनी है या नौटंकी करनी है।" लफोदन चुपचाप दवा लेकर चल दिए। तभी रास्ते में उसने एक दवा की एक्सपायरी डेट पढ़ी। उसका माथा ठनका। वह वापस दुकानदार के पास पहुँचा और थोड़ा नाराजगी भरे स्वर में बोला, "तुमने हमको एक्सपायरी डेट की दवा दे दी।"

दुकानदार ने बेफिक्री से कहा, "दे दी तो कौन सा गुनाह हो गया। मरीज इसे खाकर एक्सपायर तो नहीं होगा न।"

लफोदन ने थोड़ा तेज स्वर में कहा, "तुम यह दवा बदल दो।"

दुकानदार ने दवा बदलते हुए कहा, "हल्ला काहे मचा रहे हो। यहाँ रोज देहाती लोग ऐसी ही दवा खरीदते हैं। उनको कुछ नहीं होता और तुम थोड़ा पढ़-लिख गए तो दवा की पहचान कर रहे हो।" लफोदन चुपचाप दवा लेकर वापस हुए।

दिन के 12 बजे थे। अस्पताल के सारे डॉक्टर, नर्स गायब थे। लफोदन को पता चला कि पड़ोस के प्राइवेट वार्ड में चिकित्सा मंत्री के साले साहब की पत्नी की डिलीवरी होने वाली है, इसलिए सारे डॉक्टर और नर्स भी वहाँ मौजूद हैं। क्यों न हों, चिकित्सा मंत्री के साले साहब की पत्नी की डिलीवरी की बात थी। लफोदन को यह भी पता चला कि मंत्री जी के साले साहब की पत्नी को 'लेवर पेन' होने ही वाला था। लफोदन की पत्नी भी 'लेवर पेन' से कराहने लगी। जनरल वार्ड की बैड पर दर्द से चिल्लाते हुए उसने अपने पति लफोदन को डॉक्टर बुलाने की गुहार की। लफोदन भागकर डॉक्टर को खोजने गया। सारे डॉक्टर मंत्री जी के साले की

पत्नी के प्राइवेट वार्ड में इकट्ठा थे। साले साहब की पत्नी को भी प्रसव-पीड़ा की शिकायत हो उठी थी। सारे डॉक्टर इस प्रयास में थे कि उन्हें कम से कम पीड़ा हो।

लफोदन वहाँ पहुँचकर, एक डॉक्टर से कहते हैं, ''डॉक्टर साहब जल्दी चलिए मेरी बीवी को बच्चा होने वाला है।''

डॉक्टर जो, अन्य डॉक्टरों की भीड़ की वजह से प्राइवेट वार्ड में मंत्री जी के साले साहब की पत्नी की सेवा करने के लिए नहीं जा सका था, झुँझलाते हुए बोला, ''तुम्हारी बीवी को लड़का हो रहा है तो मेरी गलती है।''

लफोदन ने हाथ जोड़ते हुए कहा, ''डॉक्टर साहब यह मेरी गलती है। आइंदा ऐसी गलती नहीं होगी। मैं नसबंदी करा लूँगा। मगर आप जल्दी चलिए। कहीं मेरी बीवी को कुछ हो न जाए।''

डॉक्टर ने गुर्राते हुए कहा, ''तुम चुपचाप जाओ यहाँ से। जब मंत्रीजी के साले साहब की पत्नी की डिलीवरी हो जाएगी तब आना।''

लफोदन मुँह लटकाए वापस जनरल वार्ड में आ गए।

उनकी पत्नी की प्रसव-पीड़ा तेज हो गई थी। वह लफोदन से कराहते हुए बोली, ''डॉक्टर कहाँ है?'' लफोदन ने कोई उत्तर नहीं दिया। उसकी पत्नी कराहते हुए कह रही थी कैसा मूर्ख पति है भगवान, नालायक है, पाजी है। जनरल वार्ड में मौजूद दूसरी गर्भवती महिलाओं ने लफोदन की पत्नी को प्रसव-पीड़ा में देखा तो उसकी मदद को पहुँचीं। थोड़ी देर में लफोदन की पत्नी ने एक पुत्र को जन्म दिया। लफोदन ने उसे गोद में उठा लिया। उसे पता चला कि मंत्री जी के साले साहब की पत्नी को पुत्री हुई है जिससे साले साहब निराश हैं। लफोदन को लगा कि चलो, एक जगह तो मामूली आदमी ने किसी वी.आई.पी. को हराया। उसका सर गर्व से ऊँचा हो गया और उसने अपने पुत्र का माथा चूम लिया।

गजरा

एक सज्जन पुरुष रात के 10 बजे खादी का कुर्त्ता-पाजामा पहने हुए सड़क पर बड़बड़ाते हुए चले जा रहे थे। सड़क बिल्कुल सुनसान, वीरान थी। यह महाशय जिनकी दाढ़ी बढ़ गई थी और बाल खिचड़ीनुमा थे, लेखक थे। वह लेख लिखते थे इसीलिए लेखक थे। समाज में उनकी पहचान फालतू आदमियों में थी। उनका चेहरा बिदकी गाय की तरह घबराया हुआ था। लेखक थे इसीलिए परेशान थे। परेशानी का कारण था कि उनकी पत्नी ने गजरे की माँग की थी जो शहर में कहीं नहीं मिला था, दूसरे प्रकाशक महोदय से उनकी नोक-झोंक हो गई थी जिन्होंने लेखक महोदय की एक प्रकाशित किताब का भुगतान नहीं किया था।

लेखक महोदय बड़बड़ाते हुए चल रहे थे "साला, जीवन में एक तो शादी नहीं करनी चाहिए, दूसरा लेखक नहीं बनना चाहिए। कानी कुतिया की तरह हर आदमी दुत्कारता है।" सड़क सुनसान थी। लेखक महोदय ने पास सोते एक मरियल कुत्ते को निराशा में लात मार दी। कुत्ते ने गुस्से में लेखक महोदय के ऊपर हमला कर दिया। लेखक महोदय ने अपनी जान बचाने के लिए दौड़ लगा दी। उनकी दौड़ से कुत्ता हार गया। तभी उनके सामने एक पुलिस जीप आकर रुकी।

पुलिस जीप से गैंडे से कुछ ही कम वजन के दरोगाजी, कुछ सिपाहियों के साथ उतरे। उन्होंने लेखक महोदय की बाँह पकड़ते हुए कहा, "कहाँ भाग रहे हो बच्चू। आज पकड़ में आए।"

लेखक हाँफ रहे थे और हाँफते हुए ही उन्होंने बताया, "एक कुत्ता पीछे पड़ गया था।"

दरोगाजी ने कुख्यात हँसी हँसते हुए कहा, "वाह मियाँ, इससे बढ़िया बहाना नहीं मिला।"

फिर लेखक का गिरेबान पकड़ते हुए कहा, "तू कौन है बे?"

लेखक महोदय, दरोगाजी के हाथों में बिना पंख के मुर्गे की तरह फड़फड़ाते

हुए बोले, "मैं एक मामूली आदमी हूँ।"

दरोगाजी ने कहा, "वह तो हम भी जानते हैं कि तू गवर्नर नहीं है। तू करता क्या है?"

लेखक महोदय ने कहा, "जी कुछ नहीं। बस किताब वगैरह लिखता हूँ।"

दरोगाजी ने लेखक महोदय की गर्दन झिंझोड़ते हुए कहा, "इसका मतलब तू कुछ नहीं करता है।"

लेखक महोदय, दरोगाजी के खतरनाक चंगुल से बचने के लिए बोले, "जी यही समझ लीजिए।"

दरोगाजी ने पूछा, "नाम क्या है तेरा?"

लेखक महोदय ने कहा, "मुन्ना लाल चतुर्वेदी।"

दरोगाजी ने भवें ऊँची करते हुए कहा, "कहीं तू डकैत, लुटेरा तो नहीं है?"

लेखक महोदय ने असहाय हालत में कहा, "नहीं साहब मामूली आदमी हूँ।"

दरोगाजी ने कहा, "हाँ सब डाकू लुटेरे, मामूली आदमी ही होते हैं।" फिर उसने सिपाहियों से कहा, "पकड़ के ले चलो इसको थाने। वहीं छानबीन की जाए कि यह कौन है।"

लेखक महोदय ने गिड़गिड़ाते हुए कहा, "साहब घर जाने दीजिए। देर से पहुँचने पर बीवी डाँटेगी।"

दरोगाजी ने उसे हड़काते हुए कहा, "चुप बे साले। थाने चल चुपचाप। वहीं तेरी बीवी की याद भुलवाता हूँ।" लेखक महोदय को जीप में जबरदस्ती ठूँस दिया गया। पुलिस जीप थाने की ओर चल दी।

थाने पहुँचकर, पुलिस ने लेखक महोदय को हवालात में बंद कर दिया। वहाँ दो-तीन लोग और बंद थे। लेखक को देखकर एक बंदी, उसके पास आया और बोला, "क्या भाई किस जुर्म में आए हो। डकैती, लूट या फिर छेड़खानी।"

लेखक ने दुखी स्वर में कहा, "भइया, हमारा तो कोई गुनाह नहीं है। हाँ सिर्फ पत्नी के लिए गजरा ढूँढ़ने में थोड़ी देर हो गई और तभी पुलिस ने पकड़ लिया।"

बंदी के मुँह से शराब की बदबू आ रही थी। उसने आँखें बचाते हुए कहा, "अच्छा तो हुजूर मुजरा, कोठे का शौक रखते हैं। तभी गजरा ढूँढ़ रहे थे।"

लेखक महोदय ने परेशान आवाज में कहा, "नहीं भाई ऐसी बात नहीं है।"

तभी हवालात में एक और आदमी ने उसके ऊपर छलाँग लगाई और उसकी गर्दन दबाते हुए बोला, "चुप बे साले! ज्यादा शरीफ मत बन।"

लेखक महोदय चुपचाप उसके हाथ से निकलने के लिए छटपटाते रहे। तभी उस आदमी ने उसे छोड़ दिया और कहा, "साले लगता है छेड़खानी वगैरह के मामले में आए हो। मुझे जानते हो।"

लेखक ने दयनीय स्थिति में अपनी गर्दन ना में हिलाई।

उस आदमी ने कहा, ''मेरा नाम कल्लन है। मैंने तीन मर्डर, दसियों डकैती और लूट करी है। बलात्कार की तो गिनती ही नहीं है।''

लेखक महोदय, कल्लन द्वारा किए गए गुनाहों की गिनती सुनते रहे। कल्लन ने लेखक से पूछा, ''सच बताओ यार तुम करते क्या हो?''

लेखक ने मरियल आवाज में कहा, ''कुछ नहीं, सिर्फ किताब, लेख वगैरह लिखता हूँ।'' कल्लन ने बुरा सा मुँह बनाते हुए कहा,

''ससुर, इससे बढ़िया कोई काम नहीं मिला तुमको। इससे तो तुम डकैती करते तो अच्छा था।''

हवालात में बंद दूसरे कैदी ने कल्लन की टाँग दबाते हुए कहा, ''उस्ताद पढ़ा-लिखा मुजरिम लग रहा है।''

कल्लन ने कहा, ''हाँ, कहावत है न कि अनपढ़ ट्रेन के डब्बे से कुछ चुराता है और पढ़ा-लिखा पूरी ट्रेन ही चुरा लेता है। यह हम लोगों से बड़ा चोर है, साला।'' फिर दोनों ने जोर से अश्लीलता भरा ठहाका लगाया।

थोड़ी देर में लेखक महोदय को लघु शंका की तलब लगी। उसने डरते हुए कल्लन से पूछा, ''भाई साहब, पेशाब करने के लिए कहाँ जाना पड़ेगा।''

कल्लन ने हड़काते हुए कहा, ''एकदम बकलौल है क्या।

हवालात में पहली बार आया है क्या?''

लेखक ने मासूमियत से सर हिलाया।

कल्लन ने हाथ से इशारा किया। कोने में एक छेद था। लेखक ने आश्चर्य से कहा, ''यहाँ पर?''

कल्लन ने गुस्से से कहा, ''और नहीं तो तेरे लिए फाइव स्टार होटल का बाथरूम लगेगा।'' लेखक महोदय ने अपनी लघु शंका का निवारण बड़ी मुश्किल में किया।

दरोगाजी, दूसरे पुलिसिया लोगों से बातचीत कर रहे थे। ''यार पुलिस कप्तान दो हफ्ते से हड़का रहा है कि हमारे थाने का क्राइम रेट बढ़ गया है। कुछ करना पड़ेगा।''

एक पुलिस वाले ने कहा, ''सर इनकाउंटर दिखा दिया जाए। कप्तान साहब खुश हो जाएँगे।''

दरोगाजी ने सामने मेज पर पड़ी ह्विस्की की बोतल मुँह में लगाते हुए कहा, ''अबे किसका इनकाउंटर दिखाया जाए।''

एक पुलिस वाले ने सुझाव दिया, ''सर, कल्लन को पकड़ा है ना। उसी का।''

दरोगाजी ने कहा, ''नहीं भाई, वह एक बहुत बड़े नेता का आदमी है। नौकरी खतरे में पड़ जाएगी। सुबह तक तो उसकी जमानत भी हो जाएगी।''

दूसरे पुलिस वाले ने सलाह दी, ''सर, उस दूसरे आदमी को पकड़ा है, वह ठीक रहेगा।''

दरोगाजी ने बोतल मुँह में लगाई और फिर कहा, ''मगर वह तो कुछ लेखक वगैरह है।''

एक पुलिस वाले ने कहा, ''सर वह कुछ नहीं है। मामूली सड़क छाप उठाईगीर लग रहा है। तभी इतनी रात में गली का कुत्ता उसे दौड़ा रहा था।''

दूसरे पुलिस वाले ने चुटकी ली, ''वैसे भी लेखक तो सड़क छाप चीज ही होते हैं।''

दरोगाजी ने कहा, ''अच्छा ठीक है, जाओ उसे यहाँ ले आओ। पूछताछ करते हैं।''

लेखक महोदय को हवालात से निकालकर ले जाया गया।

कल्लन ने कहा, ''लगता है साला बहुत बड़ा बदमाश है। चेहरे से तो शरीफ लग रहा था।''

दूसरे कैदी ने जवाब दिया, ''उस्ताद यह पढ़े-लिखे ज्यादा चोट्टे होते हैं। अभी दरोगा का जूता जब इसके चूतड़ पर पड़ेगा तो सब उगल देगा। पता नहीं यह लेखक नाम का कौन अपराधी है।''

कल्लन ने ठंडी साँस भरते हुए कहा, ''हाँ, आजकल जुर्म की दुनिया में भी बड़ा कम्पीटीशन हो गया है, भइया। अब पढ़े-लिखे लोग भी इसमें शामिल हो रहे हैं।''

लेखक महोदय दरोगाजी के सामने डरे-सहमे खड़े थे। वहाँ मौजूद सारे पुलिसवाले उनको खा जाने वाली दृष्टि से देख रहे थे। माहौल काफी खौफनाक था। पुलिस वालों ने शराब भी पी रखी थी। लेखक को लग रहा था कि अब उसकी जान नहीं बचेगी। उनके कल्पनाशील मन ने उन्हें, उन्हीं की लाश पर अपनी पत्नी को रोता-बिलखता दिखलाया। पत्नी रोते हुए उन्हें ताने भी मार रही थी कि आखिरी बार भी उसने अपनी पत्नी की इच्छा पूरी नहीं की यानि गजरा नहीं लाया। तभी उनके विचारों को भंग करती हुई दरोगाजी की गरजती हुई आवाज गूँजी, ''क्या नाम है तुम्हारा?''

लेखक ने जवाब दिया, ''मैंने आपको बताया तो था।''

दरोगाजी ने दहाड़ते हुए कहा, ''सीधा जवाब दो नहीं तो टाँग तोड़ दूँगा।''

लेखक ने काँपते स्वर में कहा, ''मुन्ना लाल चतुर्वेदी।''

दरोगाजी ने कहा, ''क्या करते हो?''

लेखक ने कहा, ''लिखता हूँ।''

दरोगाजी ने पूछा, ''घर में कौन-कौन हैं?''

लेखक ने कहा, ''सिर्फ पत्नी।''

दरोगाजी ने पूछा, ''कोई रिश्तेदार?''

लेखक ने दाढ़ी खुजाते हुए कहा, ''लेखक का कोई रिश्तेदार नहीं होता है

क्योंकि लेखक रिश्तेदारी निभा ही नहीं पाता।''

दरोगाजी ने झुँझलाते हुए कहा, ''अच्छा-अच्छा ठीक है।'' फिर सिपाही को इशारा कर लेखक को वापस हवालात में भेजने को कहा।

लेखक ने दयनीय स्वर में कहा, ''साहब, अब तो छोड़ दीजिए, गरीब लेखक हूँ।''

दरोगाजी ने दहाड़ते हुए कहा, ''गरीब हो तो छूटकर क्या करोगे, थोड़ी देर रुक जाओ। तुम्हारी गरीबी का फैसला कर देंगे।'' लेखक को सिपाही हवालात में धकेल गए।

दरोगाजी ने कहा, ''बकरा अच्छा फँसा है। सवेरा होने से पहले हलाल कर देंगे।'' वहाँ मौजूद पुलिस वालों ने हामी जताई।

हवालात में लेखक मुँह बनाए बैठे थे। कल्लन ने उसके पास बैठते हुए कहा, ''भाई, अब तो बता दो कि तुम्हारा अपराध क्या है। हम तुमको अपना उस्ताद मान लेंगे।'' लेखक चुपचाप रहे। हवालात के दूसरे कैदी ने कहा उस्ताद जाने दीजिए। यह बहुत पहुँची हुई चीज है। कल्लन ने अपने गुप्तांगों को खुजाते हुए कहा, ''हाँ यार, बहुत शातिर बदमाश है। फिर वह बदमाश ही कैसा जो अपना दाँवपेंच बता दे।'' लेखक महोदय चुपचाप उनकी बात सुनते रहे।

सूर्योदय से एक घंटा पहले, दरोगाजी ने लेखक को बलि के बकरे की तरह जीप में ठूँसा और अज्ञात दिशा में ले चले। लेखक को पहले तो लगा कि शायद अब उन्हें छोड़ दिया जाए, मगर जीप को एक सुनसान जगह की ओर जाते देखकर उसका माथा ठनका। उसको बात कुछ समझ में आई तभी एक निर्जन स्थान पर दरोगाजी ने जीप रुकवाई और लेखक को उतरवाया।

दरोगाजी ने कहा, ''तो मुन्ना लाल चतुर्वेदी जी, यहाँ सामने दौड़ लगाइए। सुबह की दौड़ सेहत के लिए अच्छी होती है।''

लेखक, दरोगाजी का उद्देश्य समझ चुका था। वह समझ चुका था कि वह दरोगाजी द्वारा एनकाउंटर कर दिया जाएगा। उसने दरोगाजी के सामने गिड़गिड़ाते हुए कहा, ''साहब मैं एक गरीब लेखक हूँ।''

दरोगाजी ने अपना सर्विस रिवाल्वर निकालते हुए कहा, ''हम तुम्हें गरीबी से मुक्त कर देंगे।''

लेखक ने दयनीय स्वर में कहा, ''मेरी बीवी का क्या होगा।''

दरोगाजी ने रिवाल्वर की गोली चैक करते हुए कहा, ''उसको तुम्हारे जैसे बेकार आदमी से छुट्टी मिल जाएगी।'' फिर दरोगाजी सिपाहियों से लेखक को धक्का देकर भगाने की कोशिश करने लगे। इसी धक्का-मुक्की में, लेखक के कुर्त्ते की जेब से एक लिफाफा निकलकर गिर पड़ा। एक सिपाही ने वह लिफाफा उठाकर दरोगाजी को दे दिया।

लिफाफे में, लेखक महोदय के नाम, जिलाधिकारी द्वारा साहित्य सम्मेलन के लिए भेजा गया निमंत्रण पत्र था। दरोगाजी के पत्र पढ़ते ही तेवर बदल गए। उसने तुरंत सिपाहियों को लेखक को छोड़ने का आदेश दिया। फिर अपनी आवाज को जितना मुलायम बना सकते थे बनाते हुए बोले, ''मुन्ना लाल चतुर्वेदी जी, आपने यह क्यों नहीं बताया कि आप जिलाधिकारी महोदय को जानते हैं।''

लेखक जिसका चेहरा साक्षात मौत के दर्शन हो जाने के कारण पीला पड़ चुका था, बड़ी मुश्किल से बोले, ''उनको मैं निजी तौर पर नहीं जानता हूँ। वह तो सभी साहित्यकारों को साहित्य सम्मेलन में उन्हीं के नाम से निमंत्रण भेजा जाता है। सो मुझे भी भेज दिया गया।''

दरोगाजी ने सर खुजाते हुए कहा, ''जो भी हो महाशय। आप मामूली आदमी तो हैं नहीं। आप तो साहित्यकार हैं। हमारे समाज का गौरव व प्रकाश।'' फिर थोड़ा रुककर दरोगाजी ने वाणी में और मधुरता घोलते हुए कहा, ''देखिए महाशय हम लोगों को दिन-रात चोर-उच्चकों से निपटना पड़ता है इसीलिए हम आपको पहचान नहीं पाए। खैर चलिए मैं आपको घर तक छोड़ देता हूँ।''

लेखक ने हाथ जोड़ते हुए कहा, ''नहीं साहब, मैं खुद ही चला जाऊँगा।'' फिर वह लड़खड़ाते हुए चल दिया।

दरोगाजी ने उसे जाते देखकर, जोर से चिल्लाकर कहा, ''भाभीजी को प्रणाम कहिएगा।''

लेखक महोदय ने लड़खड़ाना छोड़कर, अपने घर की ओर सरपट दौड़ लगा दी।

दरोगाजी ने एक सिपाही को डाँटा, ''साले उल्लू के पट्ठे, तूने उसकी जेब क्यों नहीं चैक की थी। मान लो गोली लगने के बाद वह लिफाफा मिलता तो मेरी नौकरी ही चली जाती।''

सिपाही ने कहा, ''माफ कर दीजिए सर। रात में ज्यादा हो गई थी।''

दरोगाजी बुदबुदाए, ''साला, पता नहीं क्या लेखक जी का जंजाल मिल गया था।'' फिर जीप में बैठकर थाने चल दिए।

लेखक महोदय दौड़ते हुए अपने घर पहुँचे। जान बचाने के डर में उन्हें यह भी याद नहीं रहा कि वह कितने मील दौड़े हैं। वह हाँफते हुए, अपने बिस्तर पर लेट गए। पत्नी ने उन्हें देखकर कोसना चालू किया, ''सारी रात गायब रहे हो। अब भी बिस्तर पर ही लेटने का मन है। जरा सा गजरा माँगा, तो रात में घर ही नहीं आए। हाय, इससे तो अच्छा पिताजी किसी सरकारी चपरासी से शादी कर देते। कम से कम, लेखक से तो अच्छा रहता।''

लेखक महोदय इस समय सांसारिक मोहमाया से दूर आँखें बंद किए हुए हनुमान चालीसा का पाठ करने में लगे हुए थे। उनको अपनी पत्नी की आवाज भी नहीं सुनाई पड़ रही थी।

सपना

बाबू खेलावन, सही मायने में सरकारी विभाग में बाबू के पद पर कार्यरत हैं। उनका इकलौता लड़का है, जो स्कूल जाने की उम्र प्राप्त कर चुका है। बाबू खेलावन का सपना है कि वह अपने पुत्र को किसी अंग्रेजी-माध्यम के अच्छे स्कूल में पढ़ाएँ ताकि वह पढ़-लिखकर अच्छा आदमी बन सके। कई शुभ-चिंतकों ने उन्हें समझाया कि वह अंग्रेजी-माध्यम के पब्लिक स्कूल के सपने देखना छोड़ दें क्योंकि एक तो इन स्कूलों की फीस बहुत तगड़ी है दूसरे यहाँ दाखिला भी बहुत मुश्किल से मिलता है। लेकिन बाबू खेलावन ने प्रण किया था कि भले उन्हें एक रोटी कम खाने को मिले मगर वह अपने लड़के को अंग्रेजी स्कूल में पढ़ाएँगे।

वह शहर के प्रतिष्ठित पब्लिक स्कूल के बाहर खड़े हुए थे। स्कूल में कक्षा एक के दाखिले के लिए फार्म मिल रहा है। स्कूल के दफ्तर के बाहर राशन की दुकान से ज्यादा लंबी लाइन लगी हुई थी। सबसे पीछे बाबू खेलावन भी दफ्तर की जरूरी फाइलें बगल में दबाए खड़े हैं। लाइन में लगे लोग, उच्च मध्यमवर्गीय लोग थे, जो जम्बो जैट की रफ्तार से अंग्रेजी बोल रहे थे। बाबू खेलावन चुपचाप खड़े हुए लाइन में लगे लोगों की बड़ी बातें सुन रहे थे। एक महाशय जो टाई सूट में सजे थे, शेखी बघार रहे थे। ''हमारा तो सीधे मुख्यमंत्री से कांटेक्ट है। मेरे बच्चे का तो एक मिनट में एडमिशन हो जाएगा।''

दूसरा कह रहा था, ''भाई हम तो बिजनेसमैन आदमी हैं। लाख-दो लाख 'डोनेशन' देकर एडमिशन करवा लेंगे। कौन सा हमारे लड़के को नौकरी करनी है। करेगा तो बिजनेस ही, मगर इस स्कूल में पढ़ाने से 'स्टेटस सिम्बल' की बात होती है।'' कई लोग अपनी ऊँची पहुँच, सोर्स-सिफारिश, रुपए-पैसे की बात कर रहे थे। बाबू खेलावन उन लोगों की बातें सुनकर घबरा रहे थे। उनको लग रहा था कि इस स्कूल में दाखिले के लिए कोई 'कांटेक्ट' ढूँढ़ना पड़ेगा। दफ्तर के काउंटर तक पहुँचते फार्म खत्म हो गए। कल फिर आने का निश्चय कर बाबू खेलावन वापस लौट गए।

इस फार्म को लेने के लिए उन्होंने दफ्तर से आधे दिन की छुट्टी ली थी। कल फिर उन्हें कोई बहाना बनाना पड़ेगा।

एक हफ्ते मेहमत करके, उन्हें फार्म मिल गया और बाबू खेलवान ने उसे जमा भी कर दिया। अब उनको अपनी पत्नी को लेकर, एक निर्धारित दिन स्कूल जाकर 'इंटरव्यू' देना था। उनकी पत्नी, ग्रामीण परिवेश की सीधी-सादी महिला थी जिन्होंने घूँघट का साथ शहर में भी आकर नहीं छोड़ा था। बाबू खेलावन अपनी पत्नी से कह रहे थे, "देखो भाग्यवान, तुम अच्छी साड़ी धुलाकर तैयार रखना। बंटी के दाखिले के लिए इंटरव्यू देने जाना है।"

उनकी पत्नी ने मुँह पर हाथ रखते हुए कहा, "हाय मइया! दाखिला बंटी का है। हम किसी आदमी के सामने मुँह नहीं खोलेंगे।"

बाबू खेलावन ने समझाते हुए कहा, "भाग्यवान अब तुम शहर में हो। यहाँ तो घूँघट करना बंद कर दो। स्कूल का प्रिंसिपल माँ-बाप का 'इंटरव्यू' इसीलिए लेता है ताकि पता चले कि माँ-बाप ठीक-ठाक विचारों वाले हैं कि नहीं।"

उनकी पत्नी ने खिसियाते हुए कहा, "हम अपना रीतिरिवाज नहीं छोड़ सकते। चाहे बंटी का दाखिला हो या न हो। वह किसी दूसरे स्कूल में पढ़ लेगा।"

यह सुनते ही बाबू खेलावन आगबबूला हो गए और चीखते हुए बोले, "कैसे देहातिन माँ-बाप ने संग कर दी, जो अपने लड़के का भला-बुरा भी नहीं सोच सकती है। मैं यहाँ स्कूल में एडमिशन के लिए जान दिए पड़ा हूँ और इसको कुछ मतलब ही नहीं है।" उनकी पत्नी डाँट खाकर सुबकने लगी। बंटी जो वहीं खेल रहा था, चुप खड़ा होकर अपनी माँ को रोते देखने लगा, फिर उसकी छाती से लिपट गया।

बाबू खेलावन को लग रहा था कि बिना सिफारिश के उनके लड़के का एडमिशन नहीं हो पाएगा। उनकी समझ में नहीं आया कि वह किससे सिफारिश करवाएँ। चारों तरफ ध्यान दौड़ाने के बाद, उनको अपने थानेदार दोस्त की याद आई जो उसी क्षेत्र में तैनात हैं। बाबू खेलावन व थानेदार संग पढ़े हुए थे। नौकरी मिलने से पहले, थानेदार मित्र, बाबू खेलावन के यहाँ आकर खूब रोता था कि जीवन में वह क्या करेगा। उसे नौकरी मिलेगी कि नहीं? पढ़ाई-लिखाई में औसत दर्जे का होने के बावजूद वह भाग्य का धनी था और पुलिस की नौकरी मिल गई।

बाबू खेलावन थाने में पहुँचे। एक सिपाही ने उन्हें टोका, "ऐ कहाँ शुतुरमुर्ग की तरह मुँह उठाए घुसा जा रहा है।"

बाबू खेलावन ने कहा, "मुझे थानेदार साहब से मिलना है।"

सिपाही ने व्यंग्य से कहा, "क्यों? रिपोर्ट लिखाने आए हो।"

बाबू खेलावन ने कहा, "भाई, थानेदार साहब हमारे मित्र हैं।"

यह सुनकर सिपाही सावधान मुद्रा में आ गया और बोला, "पहले बताना चाहिए था। अंदर चले जाओ।"

बाबू खेलावन कमरे में दाखिल हुए, तो उन्हें थानेदार दिखाई दिए। पहले से वह अब बहुत तंदरुस्त हो गया था। बाबू खेलावन को देखते ही कुर्सी छोड़कर वह खड़ा हो गया और उनको गले से लगा लिया। बाबू खेलावन थानेदार की आत्मीयता देखकर रुआँसे हो उठे। जलपान आदि के बाद काफी देर इधर-उधर की बातें होती रहीं। थानेदार ने बाबू खेलावन के चेहरे की परेशानी को भाँप लिया और उनसे परेशानी का कारण पूछा। बाबू खेलावन ने अपने लड़के की स्कूल में दाखिले की समस्या बताई। थानेदार ने आश्वासन दिया कि वह इस बारे में कुछ करेगा। बाबू खेलावन निश्चिंत हो थाने से लौट आए।

दफ्तर में बाबू खेलावन के दो-तीन सहकर्मी उनका मजाक उड़ाने में लगे थे। एक पान खाए हुए सहकर्मी ने पान कोने में थूकते हुए कहा, "का हो बाबू खेलावन, लड़का का एडमिशन हुआ कि नहीं। सुना कि सबसे महँगे वाले स्कूल में एडमिशन दिला रहे हैं।"

दूसरे सहकर्मी ने चुटकी ली, "क्यों न एडमिशन कराएँ इतने बढ़िया स्कूल में। बाबू खेलावन घर से बहुत मजबूत आदमी हैं।"

तीसरे सहकर्मी ने कहा, "भाई, बाबू खेलावन का लड़का पब्लिक स्कूल में पढ़कर बड़ा अफसर बनेगा, हम लोगों के बच्चे तो सरकारी स्कूल में पढ़ते हैं, मुश्किल से बाबू, चपरासी ही बन पाएँगे।"

सभी सहकर्मियों ने मिलजुलकर ठहाका लगाया। बाबू खेलावन व्यंग्यबाण झेलते हुए फाइल में सर झुकाए थे। कुछ देर बाद, जब चित्त शांत हुआ तो उन्हें बंटी का मासूम चेहरा दिखाई दिया। बाबू खेलावन मन में बोले, 'मैं बंटी के भविष्य के लिए कुछ भी करूँगा।' फिर वह उठकर अपने अफसर के कमरे में दाखिल हुए। अफसर रोबीले व्यक्तित्व के स्वामी हैं। माथे पर लकीरें लिए हुए वह किसी कागज को आँखों से 90 डिग्री कोण पर रखे हुए कुछ सोच रहे थे।

बाबू खेलावन को देखकर वह बोले, "येस, खेलावन क्या बात है। वह लेटर जो मैंने टाइप करने को दिया था, तैयार हो गया।"

बाबू खेलावन ने कहा, "हो गया।"

अफसर ने कागज को भवें सिकोड़कर देखा और फिर मेज पर रख दिया। बाबू खेलावन वहीं खड़े रहे।

अफसर ने उनकी तरफ देखते हुए कहा, "कुछ कहना है, आपको।"

बाबू खेलावन ने हिचकते हुए कहा, "सर, एक काम था।"

अफसर तुरंत सावधान मुद्रा में आ गए। उनको जो ट्रेनिंग मिली थी, उसके अनुसार वह मातहत से काम ले सकते थे। उनको काम करने के बारे में ट्रेनिंग में कुछ नहीं बताया गया था।

अफसर ने पूछा, "क्या काम है?"

बाबू खेलावन ने कहा, ''सर, मेरे बच्चे का एडमिशन कराना था। कक्षा एक में वह पढ़ने जाएगा।''

अफसर ने बाबू खेलांवन से स्कूल का नाम पूछा। बाबू खेलावन ने अफसर को स्कूल का नाम बताया। नाम सुनते ही अफसर के माथे पर लकीरें उभर आईं।

अफसर ने कहा, ''अरे खेलावन तुम भी कहाँ इतने महँगे स्कूल में अपने लड़के का एडमिशन कराना चाहते हो। इस स्कूल में एडमिशन नहीं होगा। और हो गया तो तुम उसका खर्च नहीं उठा पाओगे। किसी और स्कूल की बात हो तो कहना। तब हम कोशिश करेंगे।'' बाबू खेलावन मुँह लटकाए अफसर के कमरे से निकल आए।

फार्म जमा किए काफी दिन हो गए थे। मगर बाबू खेलावन को इंटरव्यू के लिए बुलावा नहीं आया था। बाबू खेलावन बहुत दुखी रहने लगे थे। एक दिन दुखी मन से उन्होंने स्कूल के दफ्तर जाने की सोची। स्कूल पहुँचकर जैसे ही उन्होंने गेट के अंदर घुसना चाहा, चौकीदार ने उन्हें रोका, ''कहाँ जा रहे हो भाई।''

बाबू खेलावन ने कहा, ''भाई, आफिस में जाकर बच्चे के एडमिशन का पता करना है।''

चौकीदार ने पूछा, ''किसके बच्चे का?''

बाबू खेलावन ने कहा, ''अपने बच्चे का।''

चौकीदार ने उन्हें शक भरी निगाहों से देखते हुए कहा, ''कोई सिफारिश है या 'डोनेशन' दिए हो।''

बाबू खेलावन ने गुस्सा दिखाते हुए कहा, ''मुझे दफ्तर में जाने दो। मैं प्रिंसिपल साहब से बात करूँगा।''

चौकीदार ने दाँत कुदेरते हुए कहा, ''ताव काहे दिखा रहे हो भाई। प्रिंसिपल साहब अभी हैं नहीं, बाद में आना।''

बाबू खेलावन मुँह लटकाए उल्टे पैर लौट गए। उन्हें चौकीदार की व्यंग्यात्मक आवाज सुनाई पड़ी, 'घर में नहीं दाने अम्मा चली भुनाने।' वह कुछ नहीं बोले।

थाने पहुँचकर उन्होंने सिपाही से थानेदार से मिलवाने के लिए कहा। सिपाही ने बताया कि थानेदार कहीं गए हैं। उसने बाबू खेलावन को थानेदार का मित्र होने के नाते, उसको कमरे में बैठा कर पानी पिलाया। बाबू खेलावन थानेदार के कमरे में अकेले बैठे हुए थे। सामने मेज पर कुछ कागज रखे हुए थे। सबसे ऊपर रखे कागज पर बाबू खेलावन की नजर गई। उस कागज पर पब्लिक स्कूल का नाम लिखा था जिसमें बाबू खेलावन अपने लड़के का दाखिला कराना चाह रहे थे। बाबू खेलावन ने नजर इधर-उधर घुमायी और चुपके से वह कागज उठा लिया। उस कागज पर पब्लिक स्कूल का नाम लिखा था नीचे किसी मंत्री का, कई बड़े अफसर व अन्य महत्त्वपूर्ण व्यक्तियों के नाम लिखे थे। तभी कमरे में थानेदार ने प्रवेश किया। उसने कागज बाबू खेलावन के हाथ में देख लिया था। वह चुपचाप अपनी कुर्सी पर बैठ

गया। बाबू खेलावन ने वह कागज मेज पर रख दिया और प्रश्नवाचक नजरों से थानेदार को देखा। थानेदार ने ठंडी साँस भरते हुए कहा, "खेलावन, यह उन लोगों के नाम हैं, जिनकी सिफारिश मुझे करनी है। मेरे सर पर बहुत प्रेशर है। शायद इनमें से कइयों का काम हो भी ना।" बाबू खेलावन थानेदार की बात का मतलब समझ गए थे। इतने महत्त्वपूर्ण लोगों में वह तो मामूली आदमी है। कुछ देर, थानेदार से पुराने दिनों की बात कर लौट आए।

घर पहुँचकर उन्होंने महसूस किया कि उनके सर से कोई बोझ कम हो गया। दाखिले के लिए वह काफी दिनों से शारीरिक व मानसिक तनाव से ग्रस्त थे, जिससे वह अब मुक्त हो गए क्योंकि अब उन्हें पक्का पता था कि उस स्कूल में बंटी का दाखिला नहीं हो पाएगा। उन्होंने निराशा में भी अपने लिए खुशी महसूस की। घर पहुँचकर बंटी को बाबू खेलावन ने गोद में उठा लिया और प्यार करने लगे। उनकी पत्नी जो काफी दिनों से अपने पति को उदास देख रही थी बोली, "सुनो जी, हम घूँघट के बिना इंटरव्यू देने जाने के लिए तैयार हैं। बस तुम खुश रहो।"

बाबू खेलावन ने यह सुनकर कहा, "तुम्हें घूँघट हटाने और करने के लिए परेशान होने की जरूरत नहीं है। जिसमें तुम्हारी खुशी हो वह करें। वैसे भी हमारा बंटी, अब दूसरे स्कूल में जाएगा।" यह कहकर, उन्होंने बंटी को गोद से उतारकर अपनी पत्नी के गालों को थपथपा दिया। उनकी आँखों में अचानक आँसू आ गए। वह समझ नहीं पाए कि यह खुशी के आँसू हैं या बेबसी के।

भूखंड

यह कहानी है एक प्रोफेसर साहब की। यह कालेज में लड़कों को प्राचीन भारतीय इतिहास पढ़ाते हैं। प्रोफेसर हैं इसीलिए आँखों पर मोटे फ्रेम का चश्मा लगा हुआ है। कालेज के लड़कों ने उनका नाम चार्ली चैपलिन रखा हुआ है। वैसे माँ-बाप ने उनका नाम भोला माधव रखा था।

घर में प्रोफेसर साहब व उनकी पत्नी रहते थे। भगवान की कृपा से प्रोफेसर साहब का कोई बच्चा नहीं था। उनकी पत्नी इसी कारण चिड़चिड़ी हो गई थी। प्रोफेसर साहब कालेज के लड़कों को ही अपने बच्चे समझते थे। यह और बात कि कालेज के लड़के उनको चिड़ीमार समझते हैं। प्रोफसर साहब को पता था कि दुनिया का सबसे मुश्किल काम है कालेज के लड़कों को पढ़ाना। क्योंकि अगर उन्होंने क्लास कम ली, तो लड़के उनकी शिकायत करते की प्रोफेसर साहब ने उन्हें पढ़ाया नहीं और अगर वह क्लास ज्यादा लेते तो लड़के हल्ला मचाते कि प्रोफेसर साहब ने उनका दिमाग चाट लिया। इसीलिए प्रोफेसर साहब संतुलन के सिद्धांत पर भरोसा करते हैं। उनके अनुसार हर चीज का संतुलन जरूरी है। मानसिक हो या भौतिक। आजकल प्रोफेसर साहब परेशान चल रहे थे क्योंकि उन्होंने गलती से अपने शहर के विकास प्राधिकरण में एक भूखंड के लिए अर्जी लगा दी थी। गलती से एक भूखंड उनके नाम पर मिल गया। लेकिन रुपया जमा करने के बाद भी वह परेशान थे। उनकी पत्नी उन्हें और परेशान किए हुए थी। परेशानी का कारण था पजेशन लेटर न मिलना।

प्रोफेसर साहब कालेज जाने के लिए तैयार हो रहे थे। उनकी पत्नी ने कर्कश स्वर में पूछा, "कहाँ जा रहे हो कबूतर की तरह मुँह उठाकर।"

प्रोफेसर साहब ने धीमी आवाज में कहा, "कालेज जा रहा हूँ भाग्यवान।"

उनकी पत्नी के कर्कश स्वर को और बढ़ाया और कहा, "कालेज ही जाते रहोगे कि, प्लाट का कुछ पता करोगे।"

प्रोफेसर ने झुँझलाते हुए कहा, "आज ही पता करूँगा। आज कालेज में

सिर्फ मेरी एक ही क्लास है उसके बाद विकास प्राधिकरण के दफ्तर चला जाऊँगा।''

पत्नी ने चीखकर कहा, ''भूलना मत।''

प्रोफेसर साहब ने कहा, ''नहीं भूलूँगा।'' और फिर स्कूटर चालू करते हुए बुदबुदाए, ''नारी कर्कशा, जीवन दुर्दशा,'' स्कूटर पर बैठकर वह कालेज की ओर चल पड़े।

कालेज के परिसर में उनके स्कूटर के घुसते ही, लड़कों ने उनकी खिल्ली उड़ानी चालू की। एक बोला, ''देख चार्ली चैपलिन आ गया।'' दूसरे ने कहा, ''यार चार्ली चैपलिन से ज्यादा तो यह मुझे चिम्पांजी लगता है।'' तीसरे ने कहा, ''इसका चेहरा उतरा हुआ लगता है। लगता है घर में बीवी से झगड़ा हुआ है।'' चौथे ने व्यग्यांत्मक शैली में कहा, ''इसकी शक्ल-सूरत से, इसकी बीवी भी चिढ़ती होगी।'' सभी ने जोरदार ठहाका लगाया।

प्रोफेसर साहब क्लास में छात्रों को सम्राट अशोक के बारे में बता रहे थे। सम्राट अशोक एक महान् व्यक्ति था। उसने अपनी युद्धनीति को धर्मनीति में परिवर्तित कर दिया था। जगह-जगह शिलालेख लगवाए ताकि उसकी प्रजा का मार्गदर्शन हो। तभी एक छात्र ने प्रोफेसर साहब को टोकते हुए कहा, ''सर! अशोक महान् सम्राट कैसे हो सकता है जबकि उसने अपने 100 भाइयों को मारकर राजगद्दी पाई थी।''

प्रोफेसर साहब ने अपना चश्मा ठीक करते हुए कहा, ''अरे भाई, यह अभी सत्यापित नहीं है कि अशोक ने अपने भाइयों को मारा था कि नहीं।''

उस छात्र ने कहा, ''इसका मतलब आप गलत पढ़ा रहे हैं। हम वैसे मान लें कि अशोक महान् था।''

प्रोफेसर साहब ने चिढ़ते हुए कहा, ''अच्छा ठीक है, नहीं पढ़ाते हैं।''

एक दबंग छात्र ने कहा, ''ऐ पढ़ाएगा कैसे नहीं। का हम लोग फालतू की फीस देते हैं।''

प्रोफेसर साहब ने कहा, ''तो फिर पढ़िए।''

मगर पहले वाले छात्र ने कहा, ''हम नहीं पढ़ेंगे। आप गलत पढ़ा रहे हैं।''

अब प्रोफेसर साहब परेशानी की हालत में पड़ गए। छात्रों में भी दो गुट बन गए, एक पढ़ने वालों का, दूसरा न पढ़ने वालों का। दोनों गुटों में दंगल की स्थिति उत्पन्न हो गई। तभी क्लास खत्म होने की घंटी बजी और प्रोफेसर साहब सरपट दौड़ते हुए क्लास से निकल आए और चैन की साँस ली।

जिला विकास प्राधिकरण जहाँ पर जमीन की खरीद वगैरह होती है, के कार्यालय में, प्रोफेसर साहब मध्यकालीन स्कूटर लेकर पहुँचे। कार्यालय के गेट के अंदर स्कूटर ले जाने से; उन्हें वहाँ मौजूद सुरक्षाकर्मी ने रोका, ''ऐ स्कूटर कहाँ अंदर ले जा रहे हो।''

प्रोफेसर साहब ने चश्मा ठीक करते हुए कहा, "स्कूटर अंदर खड़ा कर दूँगा।"

सुरक्षाकर्मी ने गुस्से से कहा, "क्यों, क्या कार्यालय को सुलभ शौचालय बनाए हो, कि जिसे मन आया, घुस आया।"

प्रोफेसर साहब पहले कई बार स्कूटर अंदर खड़ा कर चुके थे। उन्होंने कहा, "भाई, पहले तो हम स्कूटर अंदर ही खड़ा करते थे।"

सुरक्षाकर्मी ने कहा, "वह दूसरा गार्ड था। उसको आँखों से कम दिखता है।" तभी वहाँ एक लंबी सी गाड़ी रुकी। गाड़ी की खिड़की में से एक हाथ सौ का नोट लिए सुरक्षाकर्मी की जेब में पहुँचा। सुरक्षाकर्मी ने जोर से सलाम कर गाड़ी को अंदर जाने दिया। प्रोफेसर साहब, चुपचाप स्कूटर को बाहर ले गए। उन्होंने स्कूटर को स्टैंड पर खड़ा किया। स्टैंड वाले ने उन्हें टोकन पकड़ाया।

प्रोफेसर साहब ने कहा, "इसमें दस रुपया लिखा है। शहर में और जगह तो पाँच लगता है।"

स्टैंड वाले ने प्रोफेसर को घूरते हुए कहा, "क्यों नए आए हो इस दफ्तर में। जहाँ लाखों करोड़ों की बात होती है वहाँ तुम दस रुपए का रोना रो रहे हो।" प्रोफेसर साहब चुपचाप अपनी भूखंड की कागजात वाली फाइल को बगल में दबाए, कार्यालय में प्रवेश कर गए।

वह प्राधिकरण के प्रॉपर्टी अफसर के कमरे के सामने खड़े थे। अफसर से मिलने की कोशिश कर रहे थे। चपरासी उनकी कोशिश को नाकाम कर रहा था। देखिए मैंने कह दिया न कि साहब अभी नहीं मिलेंगे। जरूरी फाइल देख रहे हैं।

प्रोफेसर साहब ने कहा, "भाई, मुझे सिर्फ पाँच मिनट का काम है। बस कुछ पूछना है।"

चपरासी ने बुरा सा मुँह बनाते हुए कहा, "पूछताछ दफ्तर में जाओ फिर। यहाँ काहे आए हो।"

प्रोफेसर साहब ने कहा, "भाई मुझे इन्हीं से काम है।"

चपरासी ने तंबाकू मलते हुए कहा, "तो फिर बैठो शांति से। साहब जब फुर्सत में होंगे तो मिलवाएँगे।"

प्रोफेसर साहब, वहीं पड़ी एक बेंच पर बैठ गए और प्राचीन भारतीय इतिहास की एक किताब पढ़ने लगे। विषय था 'सामंतवाद का उदय।' जब किताब के बीस पन्ने उन्होंने पढ़ लिए, तो उन्होंने अपना सर उठाया और देखा कि एक वृद्ध पुरुष धड़धड़ाते हुए आए और चपरासी की मुट्ठी में कुछ पकड़ाकर, अंदर चले गए। प्रोफेसर साहब भी अंदर जाने के लिए उठे।

चपरासी ने उन्हें टोका, "कहा जा रहे हो?"

प्रोफेसर साहब ने थोड़ा रोष प्रकट करते हुए कहा, "तुम तो कह रहे थे कि साहब बिजी हैं मगर साहब के कमरे में तो अभी एक व्यक्ति गया है।"

चपरासी ने तंबाकू थूकते हुए कहा, "एकदम बौखलाए हो का। वह साहब का रिश्तेदार है। साहब लोग रिश्तेदारों के लिए बिजी नहीं होते हैं।" प्रोफेसर फिर बैठकर किताब उलटने लगे।

पाँच मिनट बाद, उन्होंने एक व्यक्ति को और अफसर के कमरे में जाते देखा। अब वह भुनभुनाते हुए चपरासी को अनसुना कर, जबरदस्ती अंदर घुस गए। अंदर का माहौल बहुत खुशनुमा। दो-तीन व्यक्ति व मेज के पीछे बैठे अफसर खूब जोर से ठहाका लगा रहे थे। प्रोफेसर को देखकर, अफसर के ठहाके पर पावर ब्रेक लग गया।

उन्होंने कहा, "अरे कहाँ घुसे आ रहे हैं।"

प्रोफेसर साहब ने कहा, "साहब मैं एक घंटे से बैठा हूँ। बाहर आपका चपरासी मिलने के लिए अंदर नहीं आने दे रहा था।"

"अच्छा ठीक है बताइए।"

प्रोफेसर साहब ने कहा, "जी मुझे मेरे प्लाट का पजेशन लेटर नहीं मिला।" यह सुनते ही वहाँ मौजूद सभी व्यक्तियों को साँप सूँघ गया।

अफसर ने प्रोफेसर साहब को ऊपर से नीचे निहारा और पूछा, "कौन सी जगह।"

प्रोफेसर साहब ने कहा, "गाँधी नगर।"

अफसर ने यह सुनते ही स्वर को मुलायम करते हुए कहा, "आप खड़े क्यों हैं। बैठिए प्लीज!"

फिर बोला, "साहब किसकी सिफारिश पर यह प्लाट मिला है। कोई केंद्रीय मंत्री हैं रिश्तेदारी में।"

वहाँ मौजूद एक व्यक्ति ने कहा, "लगता है प्रदेश के किसी मंत्री का हाथ है इनके सर पर।"

प्रोफेसर यह सुनकर बोले, "देखिए साहब मुझे यह प्लाट किसी की सिफारिश पर नहीं मिला है। मैंने फार्म भरा था और मेरा नाम लाटरी में निकल आया।" वहाँ मौजूद लोग प्रोफेसर साहब को ऐसे अचरज भरी निगाहों से देखने लगे जैसे बिना पैर वाली बत्तख को देख लिया हो।

अफसर ने कहा, "असंभव। बिना सोर्स सिफारिश के तो गाँधी नगर में प्लाट मिलना मुश्किल है।"

वहाँ मौजूद लोगों में से एक बोला, "भाई मैंने तो प्रधानमंत्री कार्यालय से सिफारिश करवा कर गाँधी नगर में प्लाट लिया है।"

दूसरे व्यक्ति ने प्रोफेसर साहब से कहा, "भाई साहब क्यों मजाक करते हैं। इस विभाग में बिना सिफारिश के चीटे-मक्खी का काम भी नहीं होता है।"

प्रोफेसर साहब ने चश्मा ठीक करते हुए कहा, "देखिए प्लाट बिना सिफारिश के ही मिला है। मैं एक मामूली प्रोफेसर हूँ। लड़कों को पढ़ाता हूँ।"

अफसर ने यह सुनकर प्रोफेसर साहब से भूखंड संबंधित कागज देखे और फिर ठंडी साँस लेते हुए बोले, "कागज तो ठीक ही लग रहे हैं।"

फिर बुदबुदाकर बोले, "असंभव यह कैसे हो गया। बिना सिफारिश के प्लाट।" फिर वह ध्यान मगन हो गये। पूरे कमरे में सन्नाटा छा गया।

पाँच मिनट की शांति के बाद प्रोफेसर साहब ने कहा, "मेरे पजेशन लेटर का क्या होगा?"

यह सुनकर अफसर जैसे नींद से जागे और बोले, "देखिए यह हमारे बस की बात नहीं है। आप प्राधिकरण के सचिव से मिल लीजिएगा।" प्रोफेसर साहब ने धन्यवाद कर, कमरा छोड़ दिया।

अंदर, अफसर कह रहा था, "बिना सिफारिश के इन्हें प्लाट कैसे मिला, इसकी छानबीन करानी पड़ेगी।"

एक व्यक्ति ने कहा, "छोड़िए साहब। यह प्रोफेसर झूठ बोल रहा है। जरूर इसने प्लाट के लिए शिक्षामंत्री से सिफारिश करवाई होगी। बिना सिफारिश के गाँधी नगर में प्लाट मिलना रेगिस्तान से पानी निकालने के बराबर है।" बाकी सभी लोगों ने सहमति में सर हिलाया।

प्रोफेसर साहब सचिव महोदय से मिलने गए तो पता चला कि वह प्राधिकरण की किसी योजना पर बहस करने के लिए इंजीनियर लोगों के साथ पाँच सितारा होटल गए हुए हैं। प्रोफेसर साहब थके-हारे घर लौट आए।

प्रोफेसर साहब, आज जल्दी उठ गए थे। उनकी पत्नी ने इसका कारण पूछा तो उन्होंने जवाब दिया कि आज कालेज में लॉ का पर्चा है। उन्हें कक्ष निरीक्षक का भार सौंपा गया है।

उनकी पत्नी ने कहा, "सिर्फ, तुम ही सब फालतू काम करते रहना। प्लाट के लिए कुछ मत करना। रिटायरमेंट के हिमालय में झोंपड़ी डालकर रहने लगना।"

प्रोफेसर साहब ने चिड़चिड़े स्वर में कहा, "तो मैं क्या करूँ भाग्यवान?"

उनकी पत्नी ने कहा, "तुम मेरे भाई से क्यों नहीं मिलते हो। शायद वह कुछ मदद करें।"

प्रोफेसर साहब ने व्यंग्यात्मक स्वर में कहा, "तुम्हारा भाई क्या मदद करेगा। वह तो किसी सरकारी विभाग में ड्राइवर के पद पर कार्य कर रहा है।" अपने भाई के ऊपर व्यंग्य किए जाने पर प्रोफेसर की पत्नी नाराज हो उठी।

उन्होंने गुस्से से कहा, "वह ड्राइवर है तो तुम कौन गवर्नर हो। उसकी पहुँच बहुत ऊपर तक है।" जवाब में प्रोफेसर साहब मुस्करा दिए और कालेज जाने के लिए तैयार होने लगे। मन में, वह अपनी पत्नी को नासमझ महिला समझकर हँस रहे थे। एक अदना-सा ड्राइवर, उनके प्लाट के पजेशन लेटर के लिए क्या कर पाएगा। यह सोचते हुए, वह कालेज जाने के लिए तैयार हुए।

कालेज में लॉ का पर्चा अपने निर्धारित समय से शुरू हो चुका था। प्रोफेसर साहब, सब छात्रों को कॉपी और पर्चा बाँट चुके थे। उनके साथ कक्ष निरीक्षक के रूप में एक महिला भी थी, जिनका नाम शारदा देवी है। छात्रों ने पर्चा मिलते ही अपने गुप्त स्थान से नकल सामग्री निकाली और नकल करने में जुट गए। प्रोफेसर साहब यह अनदेखा करते हुए अपना मुँह छात्रों से विपरीत दिशा में करके बैठ गए। लेकिन महिला कक्ष निरीक्षक को यह बात आपत्तिजनक लगी।

उन्होंने कहा, ''सर, यह तो सब छात्र नकल कर रहे हैं।''

प्रोफेसर साहब ने शारदा देवी की तरफ देखा और कहा, ''करने दीजिए। हम कुछ नहीं कर सकते।'' शारदा देवी शायद पहली बार लॉ के पर्चे में कक्ष निरीक्षक बनी थीं। उनको यह बात बहुत आपत्तिजनक लगी कि छात्र उनके रहते नकल करें।

उन्होंने एक लड़के के पास जाकर, उसकी गाइड छीनने की कोशिश की।

लड़के ने गुर्राते हुए कहा, ''मैडम, चुपचाप यहाँ से चली जाइए। नहीं फिर दिखाई नहीं पड़ेंगी।''

शारदा देवी, चुपचाप एक मरियल काया के मालिक, एक छात्र के पास पहुँचकर बोलीं, ''देखो नकल करना अच्छी बात नहीं है।''

लड़के ने जवाब में अंडरवियर में से 12 बोर का कट्टा निकालकर दिखा दिया। शारदा देवी घबराकर, प्रोफेसर साहब के पास आ बैठीं। उनकी घबराहट को देखकर पूरे कमरे में मौजूद छात्र हँस दिए।

शारदा देवी ने कहा, ''सर यह कैसी परीक्षा है।''

प्रोफेसर साहब ने पूछा, ''पहली बार लॉ की परीक्षा में ड्यूटी लगी है।''

शारदा देवी ने कहा, ''जी सर।''

प्रोफेसर साहब ने कहा, ''तभी आपका अनुभव कम है, इन परीक्षाओं के बारे में।''

शारदा देवी ने कहा, ''यह तो परीक्षा का मजाक है।''

प्रोफेसर साहब ने कहा, ''इस क्षेत्र में नौकरी करने वालों को असीम धैर्य का परिचय देना चाहिए। क्योंकि कई छात्र उद्दंड होते हैं और उनका खून जोश मार रहा होता है।''

फिर रुककर बोले ''इस नौकरी में धैर्य, बाकी जिंदगी में भी काम आता है। जैसे मुझे ही देख लीजिए मेरे नाम विकास प्राधिकरण से एक प्लाट मिला है, छः महीने दौड़ते हुए हो गए मगर पजेशन लेटर नहीं मिला। अब भी मैं धैर्य से ही काम ले रहा हूँ। वैसे भी धैर्य के अलावा मेरे जैसे मामूली आदमी के पास और कुछ नहीं है।'' काफी देर बात शारदा देवी को धैर्य की बात समझ में आ गई। अब तो वह एक-दो बार धैर्य से नकल कर रहे छात्रों की तरफ मुस्करा के भी देख लेतीं। पर्चा खत्म हो गया और प्रोफेसर साहब कापियाँ जमा करवाकर विकास प्राधिकरण के दफ्तर रवाना हुए।

वह जिला विकास प्राधिकरण के सचिव महोदय के कमरे के बाहर बैठे चपरासी से माथा-पच्ची कर रहे थे। वह कह रहे थे, "सचिव साहब कहाँ हैं, भाई।"

चपरासी कान खुजलाते हुए बोला, "वह कहीं गए हुए हैं।"

प्रोफेसर साहब ने पूछा, "कहाँ गए हैं?"

चपरासी ने नाक में उँगली करते हुए कहा, "शायद फाइव स्टार होटल में मीटिंग करने गए हैं।"

प्रोफेसर साहब थोड़ा धैर्य रखते हुए बोले, "एक हफ्ते से मैं आ रहा हूँ और रोज पता चल रहा है कि साहब फाइव स्टार होटल में मीटिंग कर रहे हैं।"

चपरासी ने बेफिक्री से कहा, "अरे होटल में जाते हैं, तो तुमसे क्या मतलब? कौन तुम्हारी जेब से पैसा लग रहा है।"

प्रोफेसर साहब ने कहा, "अरे भाई, हमारे काम का क्या होगा।"

चपरासी ने कान को जोर से खुजाते हुए कहा, "एकदम बकलौल हो क्या? कभी अफसर कोई काम करता है। अफसर का काम तो मीटिंग करना और फाइव स्टार में दावत उड़ाना होता है।"

प्रोफेसर साहब यह सुनकर दुखी हो गए। पास पड़ी बेंच पर बैठ गए। चपरासी ने उनकी दुखी हालत देखी, तो बोला, "आप क्या करते हैं?"

प्रोफेसर ने ठंडी साँस लेते हुए कहा, "प्रोफेसर हूँ। लड़कों को पढ़ाता हूँ।"

चपरासी ने प्रोफेसर साहब से सटकर बैठते हुए धीमे स्वर में कहा, "जी मेरा लड़का दसवीं में पढ़ता है। दो बार फेल हो चुका है। गणित में उसकी नानी मरती है। उसको ट्यूशन पढ़ा दोगे।"

प्रोफेसर साहब ने सर पीटते हुए कहा, "यार मैं कालेज में लड़कों को पढ़ाता हूँ। मेरा विषय गणित नहीं प्राचीन भारतीय इतिहास है।"

चपरासी ने बुरा सा मुँह बनाते हुए कहा, "बड़ा बेकार काम करते हो जी।" फिर दूर जाकर बैठ गया।

प्रोफेसर साहब को वहाँ बैठे एक घंटा हो गया। सचिव महोदय का कोई अता-पता नहीं था। उनको लघु शंका की शिकायत हुई। उन्होंने लोगों से शौचालय का रास्ता पूछा। शौचालय में उन्हें एक संदिग्ध आदमी मिला। उसने प्रोफेसर साहब का हाथ पकड़ा और आँख मारते हुए कहा, "भाई साहब बहुत दिन से आपको इस विभाग के चक्कर लगाते हुए देख रहा हूँ। क्या काम है आपका?"

प्रोफेसर साहब ने उस आदमी को अपना दुखड़ा सुनाया।

उस आदमी ने कहा, "पाँच हजार रुपए लगेंगे। इस विभाग में सबको खिलाना होता है। ऊपर से नीचे तक।"

प्रोफेसर साहब ने उस आदमी से अपना हाथ छुड़ाते हुए कहा, "मेरे पास इतने रुपए नहीं हैं।" यह कहकर वह वापस चल दिए।

उस आदमी ने घृणा से मुँह बिचकाते हुए कहा, "ससुर फोकट में काम कराना चाहते हैं।" यह कहकर उसने जमीन पर थूक दिया।

प्रोफेसर साहब, सचिव महोदय के कमरे के सामने बेंच पर बैठे हुए थे। उन्होंने फैसला कर लिया था कि आज सचिव महोदय से बिना मिले नहीं जाएँगे। चपरासी ने उन्हें काफी देर से बैठे देखकर, उनके करीब आया और बोला, "अनशन पर बैठने का इरादा है।"

प्रोफेसर साहब ने कहा, "यही समझ लो।"

चपरासी ने कुटिलता से हँसते हुए कहा, "कोई फायदा नहीं होगा। अभी एक महीना पहले, एक कर्नल साहब आप ही की तरह अड़ियाये हुए थे। बैठ गये आमरण अनशन पर। शाम होने तक हो गया हार्ट फेल।"

प्रोफेसर साहब ने घबराते हुए कहा, "उनका क्या हुआ?"

चपरासी ने कंधे उचकाते हुए कहा, "मर गए बेचारे। बहुत सज्जन व्यक्ति थे। मुझे साहब से मिलाने के लिए एक-दो बोतल शराब के भी दिए थे।"

प्रोफेसर साहब ने माथे पर उभर आए पसीने को पोंछते हुए कहा, "भाई, मैं तुम्हारे लड़के के लिए गणित के मास्टर का इंतजाम कर दूँगा।"

चपरासी ने ठहाका लगाते हुए कहा, "यह हुई न बात।

फिर थोड़ा रुककर बोला, "सामने वाले कमरे में सचिव साहब के निजी सचिव बैठते हैं। उनसे मिल लीजिए। शायद आपका काम हो जाए।"

प्रोफेसर साहब निजी सचिव के कमरे में घुसे। वहाँ पर चार-पाँच आदमी बैठे हुए थे। ठहाकों का दौर लग रहा था। निजी सचिव कह रहे थे यार बहुत दिनों से बच्चे सिएलो कार खरीदने को कह रहे हैं सोच रहा हूँ खरीद दूँ। उनके सामने बैठे व्यक्ति ने कहा, "हाँ भाई आप नहीं खरीदोगे तो कौन खरीदेगा।"

निजी सचिव ने मुस्कराते हुए कहा, "ज्यादा ईमानदार मत बनिए। आप भी हर छह महीने में काठमांडू में जुआ खेलने जाते हैं।" फिर जोर से ठहाका गूँज उठा। प्रोफेसर साहब को माहौल बहुत खुशनुमा लगा।

उन्होंने कहा, "निजी सचिव आप ही हैं।" उनको सभी व्यक्ति ऐसे घूरने लगे जैसे वह दूसरे ग्रह से धरती पर उतर आए कोई अनोखे जीव हैं।

निजी सचिव ने कहा, "हाँ हम ही हैं क्या काम है?"

प्रोफेसर साहब ने उनको अपने काम की जानकारी दी।

निजी सचिव ने कहा, "देखिए भोला माधव जी, अभी गाँधी नगर के किसी भी प्लाट पर पजेशन लेटर नहीं जारी किया गया है। जब होने लगेगा तो आपको भी मिल जाएगा।"

प्रोफेसर साहब ने कहा, "मगर कई लोगों को तो लेटर मिल गया है।"

निजी सचिव ने मुस्कराते हुए कहा। "तो आपको भी मिल जाएगा। ऐसा करिए

आप अगले शुक्रवार को चार बजे मिलिए मुझसे।'' निजी सचिव ने अपने व्यस्त कार्यक्रम में से बड़ी मुश्किल से यह समय निकालकर प्रोफेसर साहब से मुलाकात के लिए निश्चित किया।

प्रोफेसर साहब जाने के लिए मुड़ने लगे तो निजी सचिव ने कहा, ''मेरी मिठाई मत भूलिएगा।'' प्रोफेसर साहब चुपचाप कमरे से बाहर निकल आए। बाहर उन्हें वही चपरासी मिला। उसने पूछा, निजी सचिव मिले। प्रोफेसर साहब ने बुझे मन से कहा, ''हाँ मिले।''

चपरासी ने धीमे स्वर में कहा, ''देखिए इन निजी सचिव पर ज्यादा भरोसा मत करिएगा। यह लोगों की मिठाई खा जाते हैं, मगर उसका काम नहीं करवा पाते हैं। आप ऐसा करिए सोमवार को 12 बजे आइए। मैं आपको सचिव साहब से मिलवा दूँगा।'' प्रोफेसर साहब कुछ नहीं बोले।

वह चलने लगे तो चपरासी ने थोड़ा तेज स्वर में कहा, ''वह गणित के मास्टर का हम फीस नहीं दूँगा।'' प्रोफेसर साहब सर झुकाए हुए वहाँ से चले आए।

अब प्रोफेसर साहब ने प्राधिकरण के दफ्तर जाना ही छोड़ दिया। अब उनका मन वहाँ जाने को करता ही नहीं था। अपनी पत्नी की डाँट-फटकार के बावजूद वो प्राधिकरण के दफ्तर नहीं गए। उनको पता था कि प्राधिकरण के दफ्तर जाने से कोई फायदा नहीं है और वहाँ जाते रहने पर वह शारीरिक, मानसिक एवं आर्थिक संकट से घिर जाएँगे।

एक दिन उनकी पत्नी ने उन्हें अपने भाई के यहाँ चलने का न्योता दिया। प्रोफेसर साहब ने मना करने की कोशिश की। पत्नी गुस्से से उबल पड़ी, ''देखो जी, तुम्हारा दिमाग तो खराब हो गया है। हमेशा मेरे भाई के यहाँ जाने से मना करते हो क्योंकि वह ड्राइवर है।''

प्रोफेसर साहब ने कहा, ''नहीं भाई, यह बात नहीं है। मेरा मन कहीं भी नहीं जाने को कर रहा है।''

उनकी पत्नी ने जिद करते हुए कहा, ''मेरे भाई के यहाँ तो चलना पड़ेगा। उसके लड़के का जन्मदिन है। उसने खास हमें बुलाया है।''

प्रोफेसर साहब ने हार मानते हुए कहा, ''ठीक है, चले चलते हैं, तुम्हारे भाई के घर।'' उनकी पत्नी खुश हो गई।

प्रोफेसर साहब अपने साले के घर पहुँचकर दंग रह गए। करीब 100-150 लोग वहाँ पर साले के लड़के का जन्मदिन मनाने के लिए इकट्ठा थे। शहर के मशहूर हलवाई द्वारा वहाँ पर खाने का इंतजाम था। कई लाल-नीली बत्तियों वाली वी.आई. पी. गाड़ियाँ भी खड़ी थीं। उनका साला बढ़िया कपड़े पहने सब मेहमानों से बढ़िया बातें कर रहा था। उस घर की शान-शौकत देखकर प्रोफेसर साहब आश्चर्यचकित थे। प्रोफेसर साहब व उनकी पत्नी को देखकर उनके साले ने खूब आवभगत की।

प्रोफेसर साहब का मेहमानों में कोई परिचित नहीं था। इसीलिए वह दूर कोने में बैठकर शीतल पेय का आनंद लेते रहे। थोड़ी देर में परंपरा के अनुसार 'केक' काटा गया और भोजन शुरू हुआ। भोजन के बाद मेहमान 'खाये पिये खिसके' के अंदाज में जाने लगे। अंत में प्रोफेसर साहब भी जाने लगे। प्रोफेसर साहब से उनके साले ने कहा, "जीजा जी, दीदी बता रही है कि आपका प्लाट किसी परेशानी में पड़ा है। आपने मुझे क्यों नहीं बताया।"

प्रोफेसर साहब ने अपनी पत्नी को घूरते हुए कहा, "नहीं कुछ ऐसी खास बात नहीं है।"

साले ने उन्हें विदा करते हुए कहा, "चिंता मत करिए, मैं आपका काम करवा दूँगा।" प्रोफेसर साहब चुपचाप स्कूटर पर अपनी पत्नी के साथ बैठकर घर की ओर चल पड़े। रास्ते में उन्होंने अपनी पत्नी को खूब कोसा क्योंकि उसने प्लाट की बात अपने भाई को बता दी थी।

रविवार का दिन है। प्रोफेसर साहब कोई दर्द भरा गीत गुनगुना रहे हैं। बालों में उन्होंने मेहँदी लगा रखी है। हाथों में अखबार है, जिसे वह पढ़ रहे थे। पत्नी रसोईघर में बर्तनों से झगड़ा कर रही थी। प्रोफेसर साहब प्लाट के बारे में सोचना बंद कर चुके थे। वह तो यह भी भूल गए थे कि उनका कोई प्लाट भी था। प्राधिकरण के दफ्तर वाले रास्ते से भी उन्होंने निकलना छोड़ दिया। वह अखबार पढ़ ही रहे थे कि दरवाजे की घंटी बजी। उन्होंने दरवाजा खोला। सामने उनके साले साहब खड़े थे। उसके हाथ में एक भूरा लिफाफा था। उसने मुस्कराते हुए वह लिफाफा प्रोफेसर साहब के हाथ में दे दिया और अंदर आ गया। लिफाफा देखकर प्रोफेसर साहब चकित हो गए। वह लिफाफा उनके प्लाट का पजेशन लेटर था। वह विस्मय की स्थिति में थे। उनको दो मिनट तक कुछ नहीं सूझा। तब उनके दिमाग में ख्याल आया कि कहीं साले ने रुपया देकर तो यह काम नहीं कराया।

उन्होंने पूछा, "भाई, रुपया खर्च करके यह काम कराने की क्या जरूरत थी।"

साले ने जवाब दिया, "अरे जीजाजी रुपया खर्च नहीं किया है। मेरे पास फालतू का रुपया नहीं है।" तब तक प्रोफेसर साहब की पत्नी भी वहाँ आ गई और अपने भाई को आया देखकर खुश हो गई।

साले साहब ने कहा, "जीजा जी, विकास प्राधिकरण के उपाध्यक्ष का ड्राइवर मेरा दोस्त है। मैंने उसको आपकी समस्या बताई। उसने अपने साहब से आपकी सिफारिश की और आपका काम बन गया।" प्रोफेसर साहब का मुँह आश्चर्य से खुला रह गया। उनकी पत्नी का सर गर्व से ऊँचा हो गया।

बेवफा

शहर के एक कोने में सदर बाजार है। इस बाजार में एक दुकान है, जहाँ हर प्रकार के कपड़े मिलते हैं। इस दुकान पर 25-26 साल का युवक बैठता है जिसका नाम मोहम्मद फारुक है लेकिन प्यार से लोग उसे रिंकू कहते हैं। रिंकू के दो सहायक भी हैं, इरफान व तिवारी जिनकी सहायता से वह दुकान चलाता है। रिंकू के पिता मोहम्मद शफीक सामने दर्जी की दुकान चलाते हैं। रिंकू का जीवन वैसे तो खुशनुमा था मगर उसके जीवन में एक दुर्घटना भी थी। उसको एक लड़की से मोहब्बत थी जो हिंदू थी और अपने माँ-बाप के साथ रिंकू के मकान में ही किरायेदार थी। उसका नाम सुनीता है। उसके पिता रेलवे में लाइनमैन हैं। रिंकू और सुनीता का प्रेम कई सालों से चल रहा था। मगर अब प्रेम में रुकावट के रूप में रिंकू के पिता सामने आ गए थे। उन्हें रिंकू के प्रेम प्रसंग के बारे में पता नहीं था। वह सिर्फ सुनीता के माँ-बाप से मकान खाली करवाना चाहते थे। कारण था कि किराये के कमरे को तुड़वाकर वह नया रूप देना चाहते थे ताकि रिंकू की शादी कर बहू को नया कमरा दे सकें।

रिंकू अपनी दुकान पर उदास बैठा था। उसके सहायक इरफान और तिवारी खाली बैठे मक्खी मार रहे थे। दोपहर हो चुकी थी, मगर अभी तक कोई ग्राहक नहीं आया था। रिंकू की प्रेम कहानी इरफान और तिवारी को पता थी। वह दोनों रिंकू को छेड़ रहे थे। इरफान कह रहा था, ''रिंकू भाई, आज भाभी के साथ घूमने नहीं जाना है।''

तिवारी बोला, ''लगता है कि रिंकू भाई की तबीयत ठीक नहीं है।''

इरफान ने थोड़ा व्यंगात्मक स्वर में कहा, ''हाँ, अब तो रिंकू भाई के अब्बू, इनके होने वाले सास-ससुर को घर से निकाल ही देंगे।''

तिवारी ने कहा, ''वह तो है। मगर रिंकू भाई, उनको कहीं और कमरा दिला देंगे।''

अब रिंकू ने चिढ़ते हुए कहा, "तुम लोगों को कोई काम-धन्धा है कि नहीं। चलो दुकान की सफाई करो। फालतू बात मत किया करो।"

इरफान ने थोड़ा मुस्कराते हुए कहा, "रिंकू भाई जरा सौ रुपया दे दो बिरयानी खानी है हम दोनों को।"

रिंकू ने गुस्से से कहा, "मेरे पास कोई रुपए नहीं हैं। सवेरे से कोई ग्राहक नहीं आया और तुम दोनों को बिरयानी खाने की पड़ी है।"

तिवारी ने मुस्कराते हुए कहा, "रिंकू भाई, बिरयानी के रुपए दे दीजिए नहीं तो हम लोग सुनीता भाभी के यहाँ पहुँच जाएँगे।"

रिंकू ने झुँझलाते हुए कहा, "अच्छा मेरे बाप" और सौ रुपए उन दोनों को दे दिए। दोनों तुरंत रुपए लेकर, बिरयानी खाने के लिए रफूचक्कर हो गए।

प्रेमवाटिका शहर के एक कोने में, कुछ पेड़ों से रचा-बसा, एक पार्क है। यहाँ पर शरीफ लोग कम ही आना पसंद करते थे क्योंकि यहाँ झाड़ी और जंगली पेड़-पौधे काफी उग आए थे। बस यहाँ पर दिन में प्रेमी-प्रेमिका और रात में जरायम पेशा करने वाले अपराधी ही आया करते हैं।

रिंकू, अपनी प्रेमिका सुनीता को लेकर, पार्क के सुनसान कोने पर बैठे हुए बातें कर रहा है। रिंकू कह रहा था, "सुनीता, इधर तुम बहुत दिनों से दुखी दिख रही हो। क्या बात है?"

सुनीता ने कहा, "दुखी न हूँ तो क्या करूँ। पहले तो तुम मेरे लिए बहुत सारे उपहार लाते थे। अब कुछ भी नहीं लाते। पहले चाऊमीन वगैरह खिलाते थे और अब आइसक्रीम पर ही भुलवा देते हो।"

रिंकू ने भावुक होते हुए सुनीता का हाथ पकड़ा और बोला, "जानेमन, ऐसा मत कहो। आजकल दुकान का धंधा बहुत खराब चल रहा है।"

सुनीता ने रिंकू से अपना हाथ छुड़ाते हुए कहा, "तुम्हारे अब्बू भी कम नहीं हैं। वह हम लोगों को कमरा खाली करने के लिए कह रहे हैं।"

रिंकू ने दुबारा सुनीता का हाथ पकड़ते हुए कहा, "मैं उनको मना लूँगा।"

सुनीता ने अबकी बार अपना हाथ, रिंकू के हाथ पर रखते हुए कहा, "मना लेना उनको। वैसे भी तुमसे शादी करके उनके साथ ही रहना है।"

रिंकू ने ठंडी साँस भरते हुए कहा, "यह बात तो है।" फिर उसने धीरे से सुनीता का गाल चूम लिया। सुनीता का चेहरा लाल हो गया। तभी झाड़ी के पीछे से रिंकू को कुछ लोगों की आँखें चमकीं। यह वह प्रत्यक्षदर्शी लोग थे जो प्रेमी-प्रेमिका को प्रेम करते हुए देखकर आनंद उठाते हैं।

उनमें से एक बोला, "यार क्या कर रहे हैं?"

दूसरे ने कहा, "अभी तो कुछ नहीं कर रहे हैं।"

रिंकू ने यह बात सुन ली थी। उसने तुरंत सुनीता का हाथ पकड़ा और पार्क से बाहर निकल गया।

आज दुकान में काफी ग्राहक आ रहे थे। रिंकू खुश था कि अब वह गल्ले में से कुछ रुपए निकालकर, सुनीता को कोई अच्छा उपहार दे सकेगा। दुकान के सामने एक अधेड़ उम्र की महिला उतरी जितने माडर्न जमाने के हिसाब से कपड़े पहन रखे थे, यानि जीन्स व टीशर्ट। बदन के उभार ने वहाँ के माहौल में सनसनी फैला दी। वहाँ आस-पास की दुकानों में लोग, सड़क पर चलने वाले राहगीर, उस महिला को आँखें फाड़कर देख रहे थे। वह महिला विदेशी इत्र बिखेरते हुए रिंकू की दुकान में घुसी। इरफान और तिवारी ग्राहक को देखकर फुर्ती में आ गए।

रिंकू ने पूछा, ''क्या दिखाएँ मैडम?''

महिला ने अदा से इठलाते हुए कहा, ''सलवार सूट का कपड़ा दिखाओ।''

रिंकू, इरफान व तिवारी ने सलवार सूट के कपड़े दिखाना चालू किए। इधर, उस महिला के सान्निध्य का लाभ उठाने के लिए, दो-तीन फालतू ग्राहक भी दुकान में आ घुसे। कपड़े पसंद करने के बहाने, वह महिला को ही पसंद करने लगे। कुछ दुकानदार भी, रिंकू से फुटकर रुपया माँगने के बहाने, दुकान पर आने-जाने लगे। महिला इस बात से पूरी तरह अवगत थी कि लोग उसकी ओर आकर्षित हो रहे हैं। उसे इस बात में आनंद आ रहा था और वह गर्व से इठला रही थी। महिला के आकर्षण से रिंकू के पिता भी न बच सके। वह भी दर्जी की दुकान छोड़कर रिंकू के पास आ गए और महिला को घूरते हुए रिंकू से बोले, ''क्यों रिंकू तुमने अपने किरायेदार से मकान खाली करने की बात की।''

रिंकू ने कहा, ''अभी नहीं अब्बू।'' मोहम्मद शफीक ने महिला के शरीर की बनावट का हिसाब लगाते हुए रिंकू को डाँटा। कैसा नालायक बेटा पैदा हो गया घर में। कोई काम ठीक से नहीं कर सकता। बेवकूफ कहीं का। रिंकू चुपचाप सर नीचे करके खामोश हो गया। मोहम्मद शफीक भी रिंकू को भूलकर, उस महिला को निहारने लगे। उस महिला ने इठलाते हुए दुकान के सारे कपड़े देख डाले, फिर भी उसे कुछ पसंद नहीं आया।

उसने कहा, ''बड़ा पुराने फैशन का कपड़ा रखा है इस दुकान में। खैर मैं आई हूँ तो एक सलवार सूट का कपड़ा ले ही लेती हूँ।'' उस महिला ने एहसान जताते हुए कहा और मोहक अंदाज में रिंकू से पूछा, ''कितने रुपए का है। यह सलवार सूट का कपड़ा।''

रिंकू ने हिसाब लगाते हुए कहा, ''मैडम साढ़े पाँच सौ का है।''

महिला ने थोड़ी मोहकता बढ़ाते हुए कहा, ''बहुत महँगा लगा रहे हो।''

मोहम्मद शफीक उस महिला के मोहक व्यक्तित्व से प्रभावित हो गए और दुकानदारी का नियम भूल कर बोले, ''चलिए मैडम, आप पाँच सौ ही दे दीजिएगा।''

महिला को अपनी पर्सनाल्टी पर ज्यादा ही विश्वास था। उसने कहा, ''अभी भी बहुत ज्यादा है।''

रिंकू ने थोड़ा सख्त स्वर में कहा, "पौने पाँच सौ से एक पैसा कम नहीं हो सकता है।"

महिला को रिंकू का सख्त स्वर अच्छा नहीं लगा। उसके मोहक अंदाज में कमी आई। वह पैर पटकते हुए दुकान से चली गई। इरफान ने पसीना पोंछते हुए कहा, "उस्ताद यह तो गोली दे गई।" महिला के जाने के बाद, दुकान का आकर्षण भी चला गया। मोहम्मद शफीक भी दर्जी की दुकान की ओर चल दिए। जाते हुए वह रिंकू को कह गए कि वह किरायेदार से मकान खाली करने की निश्चित तारीख जान ले। रिंकू बहुत धर्मसंकट में पड़ गया। उसने काफी सोच-विचार के तिवारी से कहा, "सुनो, तुम हमारे किरायेदार खचेड़ूमल से कह आओ कि वह मकान जल्दी खाली कर दे। उनसे कहना कि तुम्हें, अब्बू ने भेजा है।"

तिवारी ने खीसें निपोरते हुए कहा, "सुनीता भाभी से क्या कहना है।"

रिंकू ने उसे गुस्से से डाँटते हुए कहा, "हर समय मजाक मत किया करो। चुपचाप जाओ।"

तिवारी ने मुस्कराते हुए कहा, "वह तो ठीक है। थोड़ा रुपए दे दीजिए। रास्ते में कुछ खा लूँगा।"

रिंकू ने झुँझलाते हुए कुछ रुपए तिवारी के आगे पटक दिए। तिवारी चला गया।

इरफान, जो हमेशा चरस के नशे में रहता था, लाल आँखें किए हुए बोला, "भाई तिवारी को, सुनीता भाभी के घर भेज कर अच्छा नहीं किया। बहुत चालू चीज है।"

रिंकू ने चिढ़ते हुए कहा, "तुम क्या कम चालू हो। हमेशा चरस के नशे में रहते हो।" इरफान चुपचाप बैठ गया।

रिंकू, सुनीता से शहर के बाहर खुले रेस्तरां में मिला। सुनीता थोड़ा गुमसुम थी। रिंकू ने सुनीता को सोने के बुंदे उपहार में दिए तो वह प्रसन्नता से खिल उठी। उसने रिंकू के हाथों को चूम लिया फिर चहकते हुए बोली, "तुम मुझसे प्यार करते हो न।"

रिंकू ने कहा, "हाँ।"

सुनीता ने छोटे बच्चों की तरह चहकते हुए कहा, "चलो फिर हम शादी कर लें।"

रिंकू यह सुनकर गंभीर हो गया। उसने कहा, "शादी तो हम कर लेते, मगर मजहब सामने आ जाता है।"

सुनीता ने तुनकते हुए कहा, "प्यार करने से पहले क्यों नहीं, मजहब के बारे में सोचे थे।" फिर प्रेम से रिंकू का हाथ दबाते हुए बोली, "चलो भाग कर शादी कर लें।"

रिंकू ने कहा, "तुम्हारे माँ-बाप और जो दो बहनें हैं उनका क्या होगा?"

सुनीता ने बेफिक्री से कहा, "होना क्या है? कुछ दिन शोक मनेगा, फिर सब लोग भूल जाएँगे।"

रिंकू ने चिंतित होते हुए कहा, "मगर मैं ऐसा नहीं कर सकता। अब्बू बहुत दुखी होंगे।"

सुनीता ने व्यंग करते हुए कहा, "लानत है तुम्हारी मर्दानगी पर। मैं लड़की होकर अपने माँ-बाप को छोड़ने के लिए तैयार हूँ और तुम, अब्बू के लाडले बने हो।" रिंकू यह सुनकर चुप हो गया।

उसको चुप देखकर सुनीता ने, उसके बालों में हाथ फिराते हुए कहा, "अच्छा चलो, पिक्चर दिखाओ।"

रिंकू ने कहा, "परसों दिखाऊँगा। दुकान बंद रहेगी।"

सुनीता ने धीमे से उसके हाथों को चूमा और कहा, "ठीक है।" फिर दोनों प्रेम भरी बातों में डूब गए।

सदर बाजार में सेना व पुलिस के जवान खरीददारी करने आते हैं। सेना के इसलिए क्योंकि कैंट क्षेत्र, सदर बाजार से सटा हुआ है और पुलिस के जवान इसलिए क्योंकि सदर थाना बाजार के बगल ही में था। आज, सौभाग्य या दुर्भाग्य से सेना और पुलिस के दो जवान रिंकू की दुकान पर आ धमके। आज रिंकू दुकान पर अकेला ही था क्योंकि तिवारी बीमार था और इरफान चरस के नशे की खोज में गया था। रिंकू, सेना के जवान को पैंट शर्ट का कपड़ा दिखा रहा था। पुलिस का जवान यह बर्दाश्त नहीं कर पा रहा था।

आखिर पुलिस के जवान के मुँह से निकल गया, "सुना है, फौजी साल-दो साल छुट्टी नहीं आते हैं और उनकी बीवियाँ बच्चे पैदा करती रहती हैं।"

सेना के जवान ने पलट कर जवाब दिया, "हाँ, वह सब बच्चे पुलिस में भर्ती हो जाते हैं।"

अब लगा कि दोनों में मुठभेड़ हो जाएगी, मगर रिंकू ने स्थिति सँभालते हुए कहा, "अरे आप दोनों लोग महत्त्वपूर्ण हैं भाई। मैं आप दोनों को कपड़ा दिखा रहा हूँ।" थोड़ी देर में दोनों जवान कपड़े खरीद कर चले गए। रिंकू ने चैन की साँस ली।

इरफान चरस के नशे में झूमता हुआ दुकान पर पहुँचा। रिंकू ने उसे डाँट लगाई, "कहाँ चले गए थे। यहाँ अभी झगड़ा होते-होते बचा।"

इरफान ने आँखों की लाली बढ़ाते हुए कहा, "भाई, आज जो मैं देखकर आ रहा हूँ, वह सुनोगे तो उछल पड़ोगे।"

रिंकू ने अरुचि दिखाते हुए कहा, "क्या देख लिया।"

इरफान ने अपना मुँह रिंकू के नजदीक लाते हुए कहा, "भाई मैंने तिवारी को सुनीता भाभी के साथ देखा है।"

यह सुनते ही रिंकू को गुस्सा आ गया। उसने इरफान का गिरेबान पकड़ते हुए कहा, "क्या बक रहा है। नशे में तुझे हर कोई तिवारी और सुनीता ही दिखाई देते हैं।"

इरफान ने गिरेबान छुड़ाते हुए कहा, "भाई सच? माँ कसम।" अभी रिंकू कुछ और कहता कि वहाँ उसके पिता मोहम्मद शफीक आ धमके। उन्होंने आते ही रिंकू को आड़े हाथ लिया। "नालायक, गधे, पाजी एक काम नहीं कर पा रहा है। किरायेदार के यहाँ जाने को कह रहा था तो तिवारी को भेज दिया।" फिर थोड़ा रुककर बोले, "अबे, यह कमरा मैं तेरे और तेरी होने वाली बीवी के लिए खाली करवा रहा हूँ।"

रिंकू ने सर झुकाए हुए कहा, "अब्बू मैं अभी शादी नहीं करना चाहता हूँ।"

मोहम्मद शफीक ने गुस्से से कहा, "अबे क्या जिंदगी भर ऐसे ही सांड बना घूमता रहेगा। लगता है मुझे ही कुछ करना पड़ेगा।" यह कह कर वह चले गए। रिंकू चुपचाप मुँह लटकाए बैठा रहा।

सिनेमाहाल में अँधेरा है। सामने पर्दे पर फिल्म चल रही है। बालकनी की सबसे पीछे वाली सीट पर रिंकू और सुनीता बैठे हुए हैं। रिंकू ने सुनीता से पूछा, "तुम कल तिवारी के साथ टहल रही थीं।"

सुनीता ने बेतकल्लुफी से कहा, "हाँ, वह कल दवाई लेने जा रहा था तो मुझे रास्ते में मिल गया। मेरे संग थोड़ी देर चलकर उसने हाल-चाल पूछा फिर दवाई लेने चला गया।"

रिंकू ने चैन की साँस ली फिर बोला, "तुम उससे बातचीत मत किया करो। वह ठीक लड़का नहीं है।" सुनीता ने इस बात का कोई जवाब नहीं दिया।

फिल्म का मध्यांतर हुआ। सुनीता ने रिंकू से कोल्ड ड्रिंक और पापकार्न, समोसा आदि खिलाने की जिद की। रिंकू भीगी बिल्ली बने, खाने का सामान लाने चला गया। फिल्म फिर चालू हुई। सुनीता ने समोसे और कोल्ड ड्रिंक खत्म कर लिए थे। अब वह पापकार्न खा रही थी। रिंकू ने अँधेरे का लाभ उठाते हुए अपना हाथ सुनीता के कंधे पर रखा। सुनीता ने उसके हाथ को झटकते हुए कहा, "यह क्या कर रहे हो। चुपचाप बैठो।" रिंकू मायूस हो चुपचाप बैठ गया। फिल्म खत्म हुई। रिंकू और सुनीता जब सिनेमाहाल से बाहर निकल रहे थे तो उन्हें मोहल्ले के कुछ लड़कों ने देख लिया। रात होने तक पूरे मोहल्ले में रिंकू और सुनीता की प्रेमकथा के किस्से फैल गए।

मोहम्मद शफीक खचेड़मल को समझा रहे थे, "देखो भाई खचेड़े, यह मकान खाली कर दो। मुझे अपने लड़के की शादी करनी है।"

खचेड़मल सर खुजाते हुए बोले, "वह तो ठीक है। मगर शफीक मियाँ हम तीन जवान बेटियों को लेकर सड़क पर तो रह नहीं सकते।"

मोहम्मद शफीक ने कहा, "बात तो तुम्हारी ठीक है खचेड़मल मगर यह भी तो सोचो। यहाँ पर भी तुम किरायेदार हो और दूसरी जगह भी किराये पर रहोगे। अब तो मोहल्ले वाले भी तुम्हारी बड़ी लड़की के बारे में उल्टी-सीधी बातें करने लगे हैं कहते हैं कि वह रिंकू के साथ घूमती फिरती है। इसमें हम दोनों की बदनामी है। अब तो तुम्हारे यहाँ से जाने में भलाई है।" खचेड़ूमल यह सुनकर चुप हो गए। मोहम्मद शफीक खचेड़ूमल को धमकाकर पुचकारकर मकान खाली करने के लिए समझा गए। थोड़ी देर बाद खचेड़ूमल पान खाने के लिए बाहर निकले तो उनके कानों में आवाज गूँजी, "देखो भाइयो यह खचेड़ू लाइनमैन है। यह ट्रेनों की लाइन मिलाते हैं और इनकी लड़की, मकान मालिक के लौंडे के साथ लाइन मिलाए हुए है।" खचेड़ूमल यह सुनकर उदास हो गए और उल्टे पैर वापस घर में लौट आए।

सदर में रिंकू और सुनीता का प्रेम प्रसंग जोरों पर था। दोनों के विपरीत धर्म के होने की वजह से साम्प्रदायिक तनाव की स्थिति भी उत्पन्न हो गई थी। मोहम्मद शफीक को समझाया गया कि वह अपने बेटे रिंकू को समझा ले। मोहम्मद शफीक इस स्थिति की नजाकत को समझते थे। उन्होंने सोचा कि सब फसाद की जड़ खचेड़मल हैं। यही सोच कर वह एक बार फिर खचेड़ूमल को मकान खाली करने के लिए कह आए। इधर उन्होंने रिंकू को दिल्ली अपनी बहन के यहाँ किसी काम से भेज दिया। रिंकू बड़ी मुश्किल से राजी हुआ। मगर मान गया। रिंकू जब वापस अपने शहर पहुँचा तो पूरी स्थिति ही बदल चुकी थी। खचेड़मल मकान खाली कर चुके थे। उसकी शादी, नब्बन मियाँ की लड़की से तय की जा चुकी थी। सांप्रदायिक तनाव में भी कमी आ चुकी थी। वह उदास मन से दुकान पर बैठा था। तभी इरफान चरस भरी आँखें लिए हुए आया और बोला, "देखा रिंकू भाई। मैं न कहता था कि तिवारी धोखेबाज है।"

रिंकू ने बेमन से कहा, "क्या हो गया?"

तिवारी ने कहा, "अरे वह सुनीता भाभी को पटा ले गया।"

फिर रुककर घृणा से बोला, "हुंह भाभी कैसी।" फिर चुप हो गया।

रिंकू ने उत्सुकता से कहा, "पूरी बात बताओ।"

इरफान ने कहा, "अरे वह खचेड़ूमल को तिवारी ने अपने मकान पर किरायेदार रखवा दिया और अब सुनीता को घुमाने भी लगा है।"

रिंकू ने यह सुनकर थोड़ा गुस्से से कहा, "उसे नौकरी की परवाह नहीं है।"

इरफान ने कहा, "कैसी नौकरी? वह तुम्हारे दिल्ली जाने के बाद यहाँ से नौकरी छोड़ गया। अब वह किसी सुनार के यहाँ काम कर रहा है।" यह सुनकर रिंकू का मन उदास हो गया।

एक दिन वह दुकान पर बैठा कुछ हिसाब कर रहा था। तभी वहाँ सुनीता और तिवारी साथ-साथ आए। रिंकू को तिवारी ने अभिवादन किया, "रिंकू भाई कैसे

हैं आप?'' रिंकू के मुँह से कोई बोल नहीं फूटा।

सुनीता ने रिंकू के हाथ में एक कार्ड रखा और इठलाते हुए बोली, ''यह मेरी शादी का कार्ड है।''

तिवारी ने मुस्कराते हुए कहा, ''सुनीता मुझसे शादी कर रही है।''

सुनीता ने कहा, ''इससे बढ़िया लड़का मुझे कहाँ मिलता।''

फिर व्यंग से रिंकू से बोली, ''मेरी शादी में जरूर आइएगा। आखिर शादी के कपड़े भी तो आपकी दुकान से खरीदना है। कुछ छूट तो आप देंगे ही, पुराने संबंधों को ध्यान में रखते हुए।'' फिर वह तिवारी का हाथ पकड़कर इठलाते हुए चली गई।

इरफान ने कहा, ''देखा रिंकू भाई मैं कहता था न कि तिवारी...''

रिंकू ने उसकी बात काटते हुए कहा, ''चुप रहो।'' और फिर सर पकड़कर बैठ गया।

मामूली आदमी

शहर के किसी कोने में एक मामूली आदमी का घर है। दो छोटे बच्चों व एक अदद पत्नी के साथ, वह जीवन की गुजर बसर, मामूली आदमी की ही तरह कर रहा है। समाज में साधारण व्यक्ति को असाधारण तरीकों से अत्याचार का सामना करना पड़ता है। जैसे हर जगह समाज में असाधारण लोगों को प्राथमिकता दी जाती है। इन असाधारण व्यक्तियों से तात्पर्य है वी.आई.पी. स्टेटस वाले व्यक्तियों से। मामूली आदमी को लाइन में लगकर अपना काम करवाना पड़ता है और असाधारण व्यक्ति का काम अपने आप हो जाता है। हर मामूली आदमी की इच्छा असाधारण व्यक्ति बनने की होती है, मगर ऐसा बहुत कम ही होता है। अंत में मामूली आदमी, मामूली तरीके से ही मर जाता है।

इस कहानी का मुख्य पात्र भी मामूली आदमी है, जिसका नाम भी मामूली राम है। मामूली राम, रात में चैन के खर्राटे बजाकर सो रहा है क्योंकि उसका न कोई बैंक बैलेंस है, न कोई जमीन-जायदाद। उसे तो सिर्फ इतने रुपए की जरूरत है, ताकि अपना घर, रूखी-सूखी खाकर चला सके। रात के दो बजे, तीन चोर मामूली राम के घर घुसते हैं। चोरों के सरदार ने बाकी दो चोरों से पूछा, ''क्यों रे काने? इस घर के बारे में पता कर लिया?''

काने ने उत्तर दिया, ''सरदार, समय कहाँ मिला। अब चलिए कुछ तो मिल ही जाएगा।'' सरदार ने सहमति में सर हिलाया। तीसरे चोर ने अपने किसी इष्ट देवता का स्मरण किया ताकि चोरी सफल हो सके।

तीनों चोरों ने पूरा घर तलाश मारा मगर कुछ भी बहुमूल्य सामान उनके हाथ नहीं लगा। तीनों चोर काफी झल्लाए। सरदार ने चिढ़कर कहा, ''साला, इस घर का मालिक बहुत चतुर जान पड़ता है। कहीं कुछ कीमती सामान व नकदी नहीं दिखाई दे रही है। लगता है कहीं खास जगह सारा माल छुपाकर रखा है।''

काने ने कहा, ''सरदार, उसको जगाकर पूंछें।''

तीसरे चोर ने कहा, ''कहीं वह चिल्लाकर सारा मोहल्ला न इकट्ठा कर ले।''

सरदार ने उसे आश्वासन दिया, ''चिंता न करो नन्हे। आजकल मोहल्ले के लोगों में इतना समर्थन नहीं रह गया है। सब अपने काम से मतलब रखते हैं।'' नन्हे यह सुनकर संतुष्ट हुआ। तीनों चोरों ने मामूली राम को झकझोर के जगाया। मामूली राम आँखें मलते हुए उठा। सरदार ने उसकी गर्दन पर चाकू रख दिया और कड़कदार आवाज में बोला, ''माल कहाँ छुपा रखा है?'' अपनी गर्दन पर चाकू देखकर मामूली राम की घिग्घी बँध गई।

उसने बगल में लेटी अपनी पत्नी को निश्चिंत सोते देखा। पास ही दोनों बच्चे भी मजे की नींद ले रहे थे। सरदार ने चाकू का कसाव, मामूली राम की गर्दन पर बढ़ाते हुए कहा, ''हरामी बता माल कहाँ है वरना गर्दन लौकी की तरह काट दूँगा।''

मामूली राम ने काँपते हुए कहा, ''भाई कौन से माल की बात कर रहे हो। मेरे पास कोई माल वगैरह नहीं।''

सरदार ने मामूली राम को एक झापड़ रसीद करते हुए कहा, ''अबे गधे, मेरा मतलब, नकदी गहने से है।''

मामूली राम ने हाथ जोड़ते हुए कहा, ''माई-बाप, महीने का आखिर चल रहा है। वेतन खत्म हो गया है। गहने तो हमारे पास हैं नहीं।''

काने ने जोर से कहा, ''सरदार यह झूठ बोल रहा है। भोंक दो छुरा पेट में।''

मामूली राम ने कहा, ''भाई, हम मामूली आदमी हैं, झूठ नहीं बोलते हैं। यह काम तो नेता लोगों का है।''

सरदार ने मामूली राम की आँखों में नजर डाली तो उसे लगा कि वह सच बोल रहा है। उसने, मामूली राम की गर्दन से चाकू हटा लिया।

काने ने कहा, ''पता नहीं किस कंगले के यहाँ डकैती डाली है।''

मामूली राम ने मायूसी से जवाब दिया, ''एक मामूली आदमी के घर।''

फिर चोरों के प्रति सहानुभूति दिखाते हुए बोला, ''आपको किसी बड़े नेता के यहाँ चोरी करनी चाहिए। नेताओं के बिस्तर के नीचे नोट भरे संदूक मिल सकते हैं। अफसर के घर डकैती डालनी चाहिए, नकदी, गहने वगैरह खूब मिलते हैं। आपको बड़े व्यवसायी के घर जाना चाहिए था, जहाँ काला धन बेशुमार है और उन्हें चोरी का गम भी नहीं होता।'' चोर उसकी बात ध्यान से सुन रहे थे।

मामूली राम कह रहा था, ''भाई आज रात में आपका भाग्य खराब था इसलिए आप मेरे जैसे साधारण वेतन भोगी के घर घुसे। उस व्यक्ति के घर, जिसका वेतन ही सहारा है। ऊपर की कोई कमाई नहीं है। महीने के पहले दस दिन ही वेतन खत्म हो जाता है। बाकी महीने कर्ज वगैरह लेकर काम चलता है।'' तीनो चोरों ने उसकी बात गौर से सुनी और फैसला किया कि अब वह किसी नेता, अफसर वगैरह के घर में चोरी करेंगे। मामूली राम ने अभी, अपनी बात खत्म नहीं की थी।

वह कह रहा था, ''मामूली आदमी के लिए तो बच्चों को पढ़ाना और दाल रोटी चलाना ही नियामत है।''

सरदार ने हाथ जोड़ते हुए कहा, ''महाराज, हम तुम्हारी बात समझ गए। अब हम लोग जा रहे हैं। हमें भी किसी बड़े घर में चोरी करके पेट पालना है।'' यह कहकर, तीनों चोर मामूली राम को कोसते हुए चले गए। मामूली राम चुपचाप उन्हें जाते देखता रहा। तभी, उसकी पत्नी हड़बड़ाकर उठी और मामूली राम की बाँह पकड़ते हुए बोली, ''एजी सुनो। अभी मैंने बहुत बुरा सपना देखा कि तीन डकैत छुरा लेकर आपके ऊपर हमला कर दिए।''

मामूली राम ने कहा, ''चुपचाप सो जाओ। कौन तुम्हारा पति बहुत बड़ा सेठ है जो उसको डकैत मारेंगे।'' यह कहकर वह भी बिस्तर पर लेट गया।

सिनेमाहाल के बाहर मामूली राम अपने परिवार के साथ खड़े हैं। छह महीने में, पत्नी की जिद के कारण आज फिल्म देखने आए हैं। फिल्म के टिकट लेने की पंक्ति में मामूली राम खड़े हैं। फिल्म नई है, इसलिए हुड़दंग काफी था। महिलाओं वाली पंक्ति का कहीं अता-पता नहीं था। पसीने से लथपथ मामूली राम लाइन में लगे हुए थे। जब वह काफी मेहनत मशक्कत के बाद, टिकट खिड़की तक पहुँचे, तो वहाँ पर 'हाउस फुल' का तख्ता लटका हुआ था।

उन्होंने खिड़की के अंदर बैठे महापुरुष से कहा, ''भाई साहब, टिकट दे दीजिए। बड़ी देर से लाइन में लगे थे।''

महापुरुष ने गुर्राते हुए कहा, ''तुम्हारा दिमाग खराब है। कहीं के गवर्नर हो तुम। देखने का इतना शौक है तो जाओ ब्लैक में टिकट खरीदो।'' मामूली राम मुँह लटकाए वापस आए। उसके परिवार ने समझ लिया कि उसे टिकट नहीं मिला है। बच्चे मायूस हो गए, पत्नी हतोत्साहित हो गई। मामूली राम के पास एक गिरहकट छाप व्यक्ति आया और उसने पूछा, ''कितनी टिकट चाहिए।'' मामूली राम ने 'चार' की संख्या का उच्चारण किया। गिरहकट ने रुपए बताए। मामूली राम के पास उतने रुपए नहीं थे। उसने मना कर दिया।

तभी वहाँ लालबत्ती की गाड़ी रुकी और उसमें से चार-पाँच रोबीले व्यक्तित्व के धनी पुरुष व महिलाएँ उतरीं। यह लोग दनदनाते हुए सिनेमाहाल के अंदर घुस गए।

मामूली राम ने गेटकीपर से पूछा, ''भाई, आपने इनका टिकट नहीं देखा।''

गेटकीपर ने मामूली राम को घूरते हुए कहा, ''एकदम बेवकूफ हो क्या? यह लोग वी.आई.पी. हैं। इनको टिकट वगैरह की जरूरत नहीं पड़ती। अगर सिनेमाहाल फुल है, तब भी इनके लिए सीट उपलब्ध कराई जाती है।'' मामूली राम की बात समझ में आ गई।

फिल्म न देख पाने के कारण, मामूली राम का परिवार उदास था। मामूली

राम यह भाँपते हुए, उन्हें सर्कस दिखाने ले चला। सर्कस शुरू हो चुका था। मामूली राम को इस बार टिकट मिल गया क्योंकि सर्कस में भीड़ कम थी। अपने परिवार के साथ मामूली राम शांतिपूर्वक बैठकर सर्कस का आनंद लेने लगा। तभी सर्कस का प्रोग्राम रोक दिया गया। एक अतिविशिष्ट व्यक्ति उसी समय पधारे थे, जिनके स्वागत में सर्कस के सारे कार्यक्रम दुबारा से शुरू किए गए। वहाँ, उपस्थित जनता में थोड़ा रोष उत्पन्न हुआ। मगर थोड़ी देर में जनता शांत हो गई क्योंकि भारतीय जनता ऐसी स्थिति की अभ्यस्त है।

सर्कस का प्रोग्राम फिर से चालू हुआ। सोफासेट पर बैठे हुए अतिविशिष्ट व्यक्तियों को जलपान आदि कराया जा रहा था। मामूली राम के बच्चों का ध्यान, सर्कस के प्रोग्राम से उचटकर इन व्यक्तियों पर केंद्रित हो गया।

एक बच्चे ने मामूली राम से पूछा, ''पापा यह लोग कौन हैं? इनका, इतना स्वागत क्यों हो रहा है? क्या इन्होंने टिकट के पैसे हमसे ज्यादा दिए हैं?''

मामूली राम यह सुनकर मुस्कराते हुए बोले, ''बेटा, यह लोग वी.आई.पी. हैं।''

बच्चे ने अपना सर खुजाया। उसकी समझ में कुछ नहीं आया था।

मामूली राम ने कहा, ''बेटा जैसे जंगल में शेर, राजा होता है, उसी तरह से यह लोग शेर हैं।''

बच्चे ने उत्सुकतावश पूछा, ''पापा हम लोग क्या हैं?''

मामूली राम ने भर्राये स्वर में कहा, ''बेटा हम लोग हिरन हैं, जो शेर का भोजन बनते हैं।''

बच्चे ने जोश में आकर कहा, ''मैं तो बड़ा होकर शेर बनूँगा।''

मामूली राम ने उसके सर पर हाथ फेरते हुए कहा, ''यह तो तुम्हारी किस्मत है बेटा, कि तुम शेर बनोगे या हिरन।'' सर्कस खत्म हुआ। मामूली राम परिवार को मूँगफली, चने आदि खिलाकर घर ले आए।

एक दिन बच्चों की स्कूल बस नहीं आई। मामूली राम बच्चों को सिटी बस में बैठाकर, उनके स्कूल छोड़ने गए। बस में एक वृद्ध व्यक्ति को देखकर, मामूली राम ने लपककर उसके पैर छुए। वृद्ध व्यक्ति ने मामूली राम से हालचाल पूछा। मामूली राम ने उनसे पूछा, ''सर, कैसे हैं आप!''

वृद्ध व्यक्ति ने कहा, ''ठीक ही हैं। रिटायरमेंट के बाद, अब जीवन थम सा गया है। बेटे बेटी अपने घर-परिवार में हैं। अब खुद गाड़ी नहीं चला पाता इसीलिए बस में चलता हूँ।''

वृद्ध व्यक्ति के चेहरे पर उदासी साफ दिखाई दे रही थी। वह अगले स्टाप पर उतर गए।

मामूली राम के बच्चे ने पूछा, ''यह कौन थे पापा?''

मामूली राम ने कहा, ''बहुत बड़े अफसर थे यह। अब रिटायर हो गए हैं।''

बच्चे की समझ में फिर नहीं आया। मामूली राम ने समझाया, ''बेटा, यह बहुत बड़े शेर थे। सारे लोग इनसे डरते थे।''

बच्चे ने कहा, ''पर पापा यह तो बहुत सीधे-सादे लग रहे थे।''

मामूली राम ने समझाया, ''बेटा यह शेर अब बूढ़ा हो गया है। अब इसके दाँत टूट चुके हैं।''

बच्चे ने सर खुजाते हुए कहा, ''पापा मुझे ऐसा शेर नहीं बनना है!''

मामूली राम ने हँसते हुए पूछा, ''तब कैसा शेर बनना है?''

बच्चे ने जवाब दिया, ''मैं अच्छा आदमी बनना चाहता हूँ।'' यह सुनकर मामूली राम ने अपने बच्चे को गले लगा लिया।

रात में मामूली राम सोच रहे थे, कि मामूली आदमी हर मामले में मामूली रहता है उसे याद था कि जब उसकी माता का देहांत हुआ था तो उसने श्मशान घाट पर कई घंटे, उसके दाह कर्म के इंतजार में गुजारे थे। कारण था किसी अतिविशिष्ट व्यक्ति के पिता का दाह संस्कार होना था जिसके कारण पूरे श्मशान घाट पर कब्जा था। मामूली राम चिंतन मनन कर रहे थे कि मामूली आदमी पैदा मामूली तरीके से होता है, जीवन मामूली तरीके से जीता है, और मरता भी मामूली तरीके से है। देवता भी धरती पर मामूली व्यक्ति के रूप में अवतार लेने से कतराते हैं। मामूली राम बुदबुदाया मामूली आदमी बनकर जीना भी हिम्मत की बात है। यह सबके बस में नहीं है। फिर वह चादर तान कर सो गया।

मिठाई वाला

शहर में एक थाने का दृश्य। संतरी राइफल पकड़े हुए ऊँघ रहा है। थाना एक ऐसी जगह है, जहाँ के नाम से बदमाश व शरीफ दोनों प्रकार के आदमी घबराते हैं। खाकी वर्दी देखकर जानवर भी भाग खड़े होते हैं। थानेदार अंदर शर्ट खोलकर, मेज पर टाँग रखकर बैठे हैं। उनका खास सिपाही, क्षेत्र का महीना वसूल के दे गया है, जिसे उन्होंने अपनी पत्नी के पास घर भिजवा दिया है। थानेदार वह शक्ति है जो अपने क्षेत्र का बेनाम बादशाह होता है। थानेदार के शब्द ही उसका कानून हैं।

थानेदार टाँग हिलाते हुए कुर्सी पर बैठे सोच रहे थे कि महीने की वसूली कहाँ तक रह गई है। तभी थुलथुल शरीर का स्वामी एक व्यक्ति अंदर घुसा और थानेदार के कदमों पर गिर गया। थानेदार को उसके थुलथुल शरीर का अपने पैरों पर गिरना अच्छा लगा। उसने आँखें बंद कर लीं और कुछ सोचने लगा। थुलथुल शरीर का स्वामी एक मिठाई वाला था, जिसकी बेटी तीन दिन से घर से लापता थी। मिठाई वाला इसी की रिपोर्ट दर्ज कराने आया था। मिठाई वाला ने आँसू बहाते हुए कहा, "हुजूर माईबाप। जुल्म हो गया। हमारी फरियाद सुन लो।" थानेदार आँख बंद किए रहा।

मिठाई वाले ने थानेदार की टाँगें झकझोरते हुए कहा, "हमारी अर्ज सुन लीजिए प्रभु।" थानेदार के आराम में व्यवधान पड़ गया।

थानेदार ने दहाड़ते हुए पूछा, "कौऊन है बे? काहे चरस किये है।"

मिठाई वाले ने हाथ जोड़ते हुए कहा, "सरकार चुन्नूलाल मिठाई वाला हूँ। मेरी बिटिया भाग गई है सरकार।"

थानेदार ने कहा, "ससुरे तेरी बिटिया भाग गई है तो हम क्या करें?"

मिठाई वाला यह सोचकर दुविधा में पड़ गया। मन में उसने सोचा कि बात तो सही है। अगर उसकी बेटी भाग गई है तो जिम्मेदारी पुलिस की थोड़े ना है। फिर पुलिस किस लिए है। "पता नहीं भाई।" चुन्नूलाल ने मन में सोचा। मुफ्त

में गुलाब जामुन खाने के लिए होती होगी, जैसा कि चुन्नूलाल को हर हफ्ते सिपाहियों को खिलाना पड़ता था।

चुन्नूलाल को शांत देखकर थानेदार ने दहाड़ लगाते हुए कहा, "तेरी कितनी लड़कियाँ हैं।"

चुन्नूलाल ने अपनी तोंद फुलाते हुए कहा, "पाँच हैं सरकार।"

थानेदार ने गुस्से से चीखते हुए कहा, "अबे कमीने इतनी लड़कियाँ पैदा करने की क्या जरूरत थी। नसबंदी क्यों नहीं करायी।"

चुन्नूलाल ने तोंद पर उभर आए पसीने को पोंछते हुए कहा, "सरकार बच्चे तो भगवान की देन हैं।"

थानेदार ने हाथ नचाते हुए कहा, "वह तो तेरी बीवी को पता है कि यह बच्चे किसकी देन हैं। साले, इतनी लड़कियाँ पैदा करोगे तो लड़की भागेगी नहीं।"

शाम होने लगी थी। चुन्नूलाल की फरियाद सुनने काफी पुलिस वाले इकट्ठा हो गए थे। उनको चुन्नूलाल की बात में मजा आने लगा था। थानेदार पूछ रहा था, "तो, लाला कितनी उम्र थी तुम्हारी लड़की की?"

चुन्नूलाल ने तोंद हिलाते हुए कहा, "माईबाप 16 साल की थी।"

थानेदार ने ठहाका लगाते हुए कहा, "भला बताओ जवान लड़की घर से नहीं भागेगी तो बुढ़िया माई भागेगी।"

चुन्नूलाल ने गिड़गिड़ाते हुए कहा, "हुजूर मेरी लड़की की गुमशुदगी की रिपोर्ट दर्ज कर लीजिए।"

यह सुनकर दरोगा ने बुरा सा मुँह बनाया और बोला, "अरे, लाला, जाकर अपनी बेटी को किसी रिश्तेदार नातेदार के यहाँ ढूँढ़ो। काहे रिपोर्ट के चक्कर में पड़ते हो। पुलिस, कचहरी समोसा बनाने जैसा आसान काम नहीं है।" वहाँ उपस्थित पुलिस वालों ने सहमति जताई।

एक सिपाही ने कहा, "लाला जी जल्दी जाकर अपनी दुकान सँभालो। नहीं तो नौकर सब माल साफ कर देंगे।"

चारों तरफ से आवाज गूँजी। "हाँ भाई हाँ, जल्दी जाओ।"

चुन्नूलाल ने निराशा भरे कदमों से वापस जाने के लिए अपने शरीर को मोड़ा। पीछे से थानेदार की आवाज सुनाई दी, "लाला, जरा दो किलो गुलाब जामुन भिजवा देना। बच्चे बहुत दिनों से जिद कर रहे हैं।" फिर पूरे थाने में ठहाकों की आवाज गूँजने लगी।

चुन्नूलाल की लड़की को गुम हुए एक हफ्ता हो गया था। चुन्नूलाल ने उसको हर जगह ढूँढ़ लिया मगर उसका कहीं पता नहीं चला। दुकान पर भी उनकी भागदौड़ का असर होने लगा। मिठाई बिकना बंद हो गई। जो बचती थी उसे नौकर खा जाते थे। चुन्नूलाल की तोंद एक इंच कम हो गई। घर पर उनकी पत्नी कोहराम मचाए

हुए थी। बाकी लड़कियाँ भी उलझन में थीं। वह भी चुन्नूलाल का मिठाईनुमा घर छोड़कर कहीं जाना चाह रही थीं। चुन्नूलाल के एक पड़ोसी हैं किशोरीलाल। यह काम कुछ नहीं करते हैं क्योंकि इनके पास कोई काम है नहीं। कुछ दिन वकालत करने के बाद उनकी वकालत नहीं चली तो वह फिर बेकार हो गए। दुनियादारी के मामले में यह थोड़ी बहुत जानकारी रखते हैं। यह चुन्नूलाल के पास पहुँचे। चुन्नूलाल उदास मन बैठे हुए थे। सामने खाने की थाली लगी हुई थी, मगर उनका खाने का मन नहीं था। किशोरीलाल ने खाने की थाली अपनी ओर सरकायी और बेतकल्लुफी से खाना शुरू किया।

चार-पाँच रोटी खा जाने के बाद, वह डकार लेते हुए बोला, ''लाला जी, आजकल गुलाब जामुन का क्या रेट चल रहा है।''

चुन्नूलाल का दिमाग परेशान चल रहा है। ऊपर से किशोरीलाल जैसे मुफ्तखोर जो उनका ही खाना खा रहे हैं। चुन्नूलाल को अपने चारों तरफ नुकसान ही नुकसान दिखाई दे रहा है। उन्होंने चिढ़ते हुए कहा, ''तुमको नहीं पता कि हम लोग परेशान हैं। बड़ी बेटी पूजा का कहीं अता-पता नहीं है।''

किशोरीलाल ने दसवीं रोटी पर हाथ साफ करते हुए कहा, ''आपने पुलिस में रिपोर्ट लिखाई है।''

चुन्नूलाल, किशोरीलाल को अपने खाने पर हाथ साफ करते हुए देखता रहा, फिर चिढ़ते हुए बोला, ''पुलिसवाले किसी के सगे होते हैं क्या। थानेदार तो रिपोर्ट दर्ज करने से मना कर रहा है।''

किशोरीलाल ने सारा खाना खत्म करने के बाद जोर से डकार ली और फिर हाथ-मुँह पोंछने के बाद बोला, ''अरे लाला जी! आप सिर्फ मिठाई बनाना और बेचना जानते हैं भाई, थानेदार के ऊपर भी अफसर होते हैं। आप क्यों नहीं पुलिस कप्तान से मिलते हैं।''

चुन्नूलाल की धर्मपत्नी, जो किशोरीलाल के लिए रोटियाँ पकाते हुए थक गई थी, थोड़ा रुआँसे स्वर में बोली, ''भइया हम इनको यही बात समझाते हुए थक गई हैं। जाकर बड़ा अफसर वगैरह से मिलो तो काम बनेगा।''

चुन्नूलाल ने अपनी पत्नी को डाँटते हुए कहा, ''तुम चुप रहो जी। तुम्हें क्या पता इन सब चीजों का।'' उनकी पत्नी डाँट सुनकर दहाड़ मारकर रोने लगी। चुन्नूलाल भी द्रवित हो उठे।

किशोरीलाल मौका देखकर, मेज पर रखे गुलाब जामुन खाते हुए बोला, ''देखिए काहे भाभी को डाँटते हैं। ऐसा करिए चलकर पुलिस कप्तान से मिलिए।''

चुन्नूलाल मुँह बनाते हुए बोला, ''हाँ पुलिस कप्तान मेरा बाप है, इसीलिए मेरा कहा मानेगा। थानेदार तो रिपोर्ट दर्ज नहीं कर रहा है और पुलिस कप्तान मेरा काम जरूर कर देगा।''

किशोरीलाल, गुलाब जामुनों की भीड़ को खत्म करते हुए बोला, "लाला जी आप एकदम बेकार हैं। अपना काम निकलवाने के तरीके होते हैं।" चुन्नूलाल सोच में पड़ गए। उनको अपना काम निकलवाने के तरीके का कुछ ख्याल नहीं था।

काफी सोच-विचार के उसने किशोरीलाल से कहा, "किशोरी चलो तुम ही पुलिस कप्तान से मेरी फरियाद करवा दो।" किशोरीलाल की गर्दन यह सुन कर रोब में अकड़ गई।

उसने कहा, "ठीक है। मगर हमको कुछ दिन अपने घर में खिलाना होगा।"

चुन्नूलाल ने चिढ़ते हुए कहा, "ठीक है पेटू देवता। जो तुम कह दो।" किशोरीलाल हँस पड़ा।

पुलिस कप्तान के बंगले का गेट। एक चौकस संतरी चौकस तरीके से गश्त लगाते हुए। किशोरीलाल और चुन्नूलाल गेट के पास पहुँचे। चुन्नूलाल के हाथ में मिठाइयों के आधा दर्जन डब्बे हैं।

किशोरीलाल ने संतरी से पूछा, "भाई, साहब हैं?"

संतरी ने रूखे स्वर में जवाब दिया, "नहीं, कौन हैं आप?"

किशोरीलाल ने चुन्नूलाल को इशारा किया। चुन्नूलाल ने कुछ रुपए संतरी की जेब में डाल दिए। संतरी ने मुस्तैदी से उन दोनों को अंदर जाने दिया। अंदर करीब आधा दर्जन लोगों को माता लक्ष्मी के दर्शन कराने के बाद किशोरीलाल व चुन्नूलाल को पुलिस कप्तान से मिलने का अवसर मिला।

पुलिस कप्तान अपनी रोबीली पर्सनैल्टी में कुर्सी पर बैठे हुए थे। उन्होंने चुन्नूलाल के हाथों में आधा दर्जन मिठाई के डब्बे बड़े गौर से देखे और फिर तेज आवाज में बोले, "क्या बात है? इतनी मिठाई वगैरह। कौन सी खुशी है। क्या दुकान वगैरह का उद्घाटन करवाना है।"

चुन्नूलाल ने थोड़ा रुआँसी आवाज में कहा, "हुजूर खुशी की कोई बात नहीं है। मेरी लड़की खो गई है।"

पुलिस कप्तान गंभीर होते हुए बोले, "आपने रिपोर्ट दर्ज कराई?"

चुन्नूलाल ने कहा, "सरकार, थानेदार साहब रिपोर्ट दर्ज नहीं कर रहे हैं।"

पुलिस कप्तान यह सुनकर चुप हो गया। थानेदार तो उन्हीं का आदमी है, पुलिस कप्तान ने सोचा। तभी पुलिस कप्तान का लड़का हाफ पैंट व शर्ट पहने आकर पुलिस कप्तान की गोद में चढ़ गया। पुलिस कप्तान अपने लड़के को प्यार करने लगे। किशोरीलाल ने चुन्नूलाल को इशारा किया। चुन्नूलाल ने तुरंत पाँच सौ का नया नोट निकालकर उस बच्चे के हाथ में पकड़ा दिया। पुलिस कप्तान ने हड़बड़ाते हुए कहा, "अरे यह क्या कर रहे हैं आप?"

किशोरीलाल ने कहा, "साहब यही तो शगुन है। बहुत शुभ लक्षण वाला बेटा है आपका। यह आपसे ऊँची गद्दी पाएगा।" अपने पुत्र की तारीफ सुनकर पुलिस

कप्तान गद्गद हो उठे। उन्होंने तुरंत कहीं फोन घुमाया और कुछ देर बात की फिर चुन्नूलाल को उनके काम के हो जाने के बारे में आश्वासन देकर विदा किया।

एक हफ्ते बाद चुन्नूलाल थाने में घबराए हुए खड़े थे। सामने थानेदार, दैत्यराज बकासुर की तरह खड़े हुए उन्हें घूर रहा था। उसने चुन्नूलाल को पुलिस कप्तान के पास सिफारिश ले जाने के कारण बहुत बुरा-भला कहा। चुन्नूलाल को अपनी सात पुश्तों के बारे में गैर-कानूनी बातें सुनने को मिलीं। थानेदार ने उन्हें बताया कि उनके मोहल्ले के पाँच-छह लोगों को उसने पकड़कर रखा हुआ है। उनसे यह उगलवाने की कोशिश की जा रही है कि लड़की कहाँ पर है। चुन्नूलाल को थानेदार ने कुछ लोगों के आगे खड़ा किया। इनमें से एक दो लोगों को चुन्नूलाल पहचानते थे। थानेदार ने चुन्नूलाल से पूछा, ''बताओ इनमें किस पर शक है।''

चुन्नूलाल ने अकबकाते हुए कहा, ''हमको नहीं पता।''

थानेदार ने गुस्से से कहा, ''क्या सूरदास के नाती हो। यह सब पुलिस के शक के दायरे में हैं। इनमें से कोई भी तुम्हारी लड़की का अपहरणकर्ता हो सकता है।''

उसने एक मैले-कुचैले व्यक्ति की बाँह पकड़ी और उसे उमेठते हुए बोला, ''यह देखो, इससे तुम्हारी लड़की की बोलचाल थी। यह तुम्हारे मुहल्ले में भीख माँगता है। जवान लकड़ी तो कोढ़ी पर भी मोहित हो सकती है।''

फिर उसने एक दूसरे व्यक्ति की गर्दन पकड़ी और बोला, ''इस आदमी का नाम रैलू है। तुम्हारे मोहल्ले में रहता है। चोरी करना इसका काम है। कई लड़कियों को यह खराब कर चुका है।'' थानेदार ने तीसरे आदमी को कस के झापड़ मारा। वह व्यक्ति नीचे गिर पड़ा। चुन्नूलाल उस व्यक्ति को जानते थे। वह उनके मोहल्ले में सब्जी बेचने आता था। थानेदार ने उस व्यक्ति का गिरेबान पकड़ते हुए कहा, ''मुझे तो सबसे ज्यादा इसी चोट्टे पर शक है। साला, सब्जी बेचने तुम्हारे घर में घुसा होगा और तुम्हारी लड़की को फुसला लिया होगा। अब कहीं बेच आया होगा उसको।'' चुन्नूलाल कुछ नहीं बोले। उन्होंने अपना सर झुकाया और वापस लौट आए।

तीन दिन बाद चुन्नूलाल दुखी मन घर पर बैठे थे। किशोरीलाल खाने में जुटे हुए थे। तभी दरवाजे पर दस्तक हुई। दरवाजा खोला गया। सामने चुन्नूलाल की गुमशुदा लड़की खड़ी थी। चुन्नूलाल दौड़कर उसके पास पहुँचे और उसको गले लगा लिया। पूरा परिवार, लड़की के आसपास इकट्ठा हो गया। लड़की अपने माँ-बाप को आँसू बहाते देखकर हैरान थी। उसके साथ एक वृद्ध महिला भी थी। किशोरीलाल ने गुलाब जामुन खाते हुए कहा, ''देखा लाला जी, पुलिस कप्तान ने तुम्हारी लड़की ढुँढ़वा दी।''

लड़की ने हैरानी जताते हुए कहा, ''पुलिस? बाबूजी पुलिस का क्या चक्कर है?''

चुन्नूलाल ने आँसू बहाते हुए कहा, "तुम खो गई थीं इसलिए तो पुलिस में रिपोर्ट लिखानी पड़ी।"

लड़की ने कहा, "पर बाबूजी, मैं खोई कहाँ थी मैं तो अपनी मेरठ वाली चाची के यहाँ चली गई थी। आप हमेशा मुझे डाँटते रहते थे कि मैं बड़ी हो गई हूँ और मेरी शादी करनी है।"

चुन्नूलाल ने कहा, "तू सच कह रही है बेटी।"

लड़की ने कहा, "हाँ, देखिए चाची साथ में आई हैं। मैंने इनको मना कर दिया था कि आपको मेरी खबर न दें।"

वृद्ध महिला जो लकड़ी के साथ आई थी बोली, "हाँ भाई साहब यह मेरे पास रोते हुए आई थी कि आप हमेशा इसे डाँटते रहते हैं। मैंने बाद में इसे समझाया कि घर में सब लोग परेशान हो रहे होंगे तो यह वापस आने के लिए तैयार हो गई।"

चुन्नूलाल ने अपनी लड़की को गले लगाते हुए कहा, "अब हम तुमको कभी नहीं डाँटेंगे।"

किशोरीलाल ने मामले को समझते हुए बचे गुलाब जामुनों को खत्म किया और अपने घर खिसक लिया।

नशा

'धर्म की विजय हो' 'अधर्म का नाश हो' 'बोलो बजरंग बली महाराज की जय' शहर के हनुमान मंदिर में हनुमान जी की आरती के बाद यह नारे गूँज रहे थे। वहीं, एक नवयुवक रघुवीर, हनुमान जी की मूर्ति के सामने दंडवत प्रणाम करते हुए, हनुमान चालीसा बुदबुदा रहा है। थोड़ी देर बाद उठकर उसने पंडितजी के पैर छुए। पंडितजी ने रघुवीर के हाथ में दो बताशे रखते हुए आशीर्वाद दिया और कहा, "और रघुवीर तैयारी कैसी चल रही है।"

रघुवीर ने मधुरता से उत्तर दिया, "सब आपका आशीर्वाद है, पंडितजी।"

पंडितजी ने कहा, "मेहनत से पढ़ाई करते रहो, एक दिन सफलता मिलेगी जरूर।" रघुवीर पंडितजी के पैर छूकर मंदिर के बाहर आ गया।

रघुवीर एक बेरोजगार युवक है जो शहर में किराये के कमरे में रहते हुए, भारतीय प्रशासनिक सेवा की तैयारी कर रहा है। माँ-बाप गाँव में रहते हैं। रघुवीर अपने छोटे-मोटे खर्चे ट्यूशन वगैरह पढ़ाकर पूरा कर लेता है। कुछ, गाँव से माँ-बाप रुपया भेज देते। रघुवीर के साथ ही उसके कमरे में एक और लड़का रहता है, जिसका नाम टोनी है। टोनी भी छात्र है मगर उसकी मंजिल है आवारागर्दी, सिनेमा और लोगों के रुपए उधार लेकर भूल जाना। कभी वह रघुवीर का मनीआर्डर भी हड़प कर लेता था। रघुवीर मृदुल व विनम्र स्वभाव का है। तभी उसको होटल वाला, चाय वाला और मकान मालिक आदि चाहते हैं और कभी रघुवीर के रुपया न दे पाने के कारण वह टाल जाते थे। उन्हें रघुवीर का स्वभाव पसंद है।

रघुवीर किताब पढ़ रहा है। टोनी कमरे में आता है और रघुवीर से कहता है, "यार! कुछ रुपए हों तो दो। आज बहुत बढ़िया पिक्चर लगी है। दोस्त लोगों के साथ देखना है।"

रघुवीर ने किताब के पन्ने पलटते हुए कहा, "टोनी मुझे परेशान मत करो। मैं इस समय पढ़ रहा हूँ।"

टोनी ने चिढ़ते हुए कहा, "हाँ, मुझे पता है कि तुम कलक्टर बनने वाले हो।"

रघुवीर इस बात पर कुछ नहीं बोला। टोनी, रघुवीर के कपड़ों की तलाशी लेता है, मगर कुछ हासिल नहीं होता है। वह गुस्से से कहता है, "यार एकदम कड़के हो। मनीआर्डर भी नहीं आया तुम्हारा।"

रघुवीर ने कहा, "नहीं भाई। आया होता तो मैं तुम्हें रुपए दे देता।"

टोनी ने चिढ़ते हुए कहा, "रुपए दे देते हो, तो कौन सा एहसान करते हो। बाद में लौटा दूँगा।"

तभी दरवाजे पर दस्तक हुई। टोनी ने लपककर दरवाजा खोला। बाहर डाकिया खड़ा था। उसने रघुवीर को एक पत्र दिया। टोनी ने उत्सुकता से पूछा, "क्या मनीआर्डर है?"

रघुवीर ने कहा, "नहीं, गाँव से पिताजी का पत्र है।" टोनी बुरा सा मुँह बनाकर कमरे से बाहर निकल गया।

रघुवीर पत्र पढ़ रहा है। पत्र, गाँव से उसके पिता ने लिखा है। पिता ने लिखा था कि बेटा कब तक पढ़ते रहोगे। कब तुम्हें नौकरी मिलेगी। गाँव में तुम्हारी छोटी बहन भी है जिसकी शादी करनी है। तुम्हारी शादी नहीं होगी, तो बहन की शादी कैसे होगी। इसीलिए जल्दी नौकरी तलाश करो। ताकि तुम्हारी शादी भी तय की जा सके। रघुवीर पत्र पढ़कर चिंता में डूब गया। उसकी समझ में नहीं आया कि वह अब क्या करे? काफी देर सोच-विचार के उसने कलम उठाकर अपने पिता को पत्र लिखा कि वह, छोटी बहन की शादी तय कर दें और उसकी शादी की चिंता न करें। रघुवीर पत्र लिखकर उसे पोस्ट करने चल दिया।

रघुवीर दो बच्चों को इतिहास पढ़ा रहा है। "बच्चो, बादशाह अकबर एक बहुत ही महान् बादशाह था। उसने एक महान् साम्राज्य की स्थापना की थी। वह बहुत प्रसिद्ध व्यक्ति थे।" एक बच्चा कह रहा है, "मगर सर उसने तो भारत पर आक्रमण किया था।" रघुवीर, उस बच्चे को समझाता है, "अकबर भारत का बादशाह था और कोई भला अपने देश पर क्यों आक्रमण करेगा।" फिर उसने, बच्चों से कहा, "चलो अब गणित की किताब निकालो। हम तुम्हें दस का पहाड़ा सिखाएँगे।" बच्चों ने किताबें खोल लीं।

तभी बच्चों के पिता धर्मसिंह, वहाँ पधारे। उन्होंने तीन सौ रुपए रघुवीर के हाथ में रखते हुए कहा, "यह लो रघुवीर, तुम्हारी ट्यूशन की फीस।"

रघुवीर ने कृतज्ञता से हाथ जोड़ते हुए कहा, "इतनी जल्दी क्या है, फीस देने की।"

धर्मसिंह ने पीठ थपथपाते हुए कहा, "भाई तुम्हारी मेहनत का रुपया है। उसे लेने में कैसी शर्म।"

रघुवीर ने रुपए ले लिए और मन में सोचने लगा कि तीन सौ रुपए तो कमरे

के किराए में निकल जाएँगे। खाने के लिए रुपए कहाँ से आएँगे।

रघुवीर होटल में बैठा कुछ सोच रहा था। उसने सिर्फ चाय का आर्डर दिया था। उसने सोचा रात में चाय पीकर रह लेंगे। बाकी सवेरे की देखी जाएगी। वैसे थोड़ी दाल, चावल कमरे में रखा है। उसकी खिचड़ी बनाकर रघुवीर खा सकता है। मगर खिचड़ी खा-खाकर, उसका मन एकदम ऊब चुका था। इसीलिए आज उसने भूखे रहने की ठानी है। होटल का मालिक दीनदयाल पास आता है और उसकी पीठ थपथपाकर कहता है, "बाबू साहब, खाना नहीं खाना है।"

रघुवीर ने विनम्रता से जवाब दिया, "नहीं। सिर्फ चाय पीनी है।"

दीनदयाल ने प्रेमपूर्वक कहा, "हम तुम्हारी हालत जानते हैं। खाना खा लो। रुपया की चिंता मत करो। वो तो बाद में भी मिल सकता है।" रघुवीर की आँखों से कृतज्ञता झलक उठी।

रघुवीर अपने मकान मालिक के पास पहुँचा और उसके हाथ में तीन सौ रुपए रखे। मकान मालिक, रघुवीर के व्यवहार से बहुत प्रसन्न थे। उन्होंने कहा, "बेटा, भगवान तुम जैसा लड़का सबको दे। एक वह नालायक टोनी है, जिसे अपने किराये देने की भी सुध नहीं रहती। मैं तो उसे बाहर निकालने की सोच रहा हूँ।"

रघुवीर ने विनती करते हुए कहा, "रहने दीजिए। उसे मत निकालिए। मैं उसके किराये का भी बंदोबस्त कर लूँगा।"

मकान मालिक ने प्यार भरे स्वर में कहा, "बेटा, उसकी कोई जरूरत नहीं है। तुम्हारे व्यवहार की वजह से ही मैं उसको अपने कमरे में रखे हुए हूँ।" रघुवीर उनका अभिवादन करके अपने कमरे में चला गया।

रघुवीर अपने कमरे में ध्यानपूर्वक कोई इतिहास की किताब पढ़ रहा था। इतिहास ही उसका विषय है। प्राचीन भारत से लेकर आधुनिक भारत तक के इतिहास की रघुवीर ने पढ़ाई की है। इतिहास वह चीज है, जो कभी अपने को दोहरा भी सकता है। रघुवीर इस समय, महात्मा गाँधी के विचारों को पढ़ रहा है। महात्मा गाँधी एक महापुरुष थे, देश के राष्ट्रपिता हैं। उन्होंने सारा जीवन, देश की आजादी दिलाने में अर्पण कर दिया। रघुवीर का ध्यान टोनी की तेज सीटी से टूटा, जो वह अपना मुँह गोल-मटोल करके बजा रहा था।

टोनी कमरे में प्रवेश करते हुए बोला, "क्यों उस्ताद, इस बार, फिर लुढ़क गए।"

रघुवीर ने पूछा, "क्या मतलब तुम्हारा?"

टोनी ने कहा, "अरे आई.ए.एस. की लिखित परीक्षा का परिणाम आ गया है। तुम्हारा क्या हुआ?"

रघुवीर का शरीर पसीने से नहा उठा। उसने परीक्षा दी थी और उसे परिणाम का बेसब्री से इंतजार था। परीक्षा परिणाम का भय तो सभी को होता है। रघुवीर

लड़खड़ाते कदमों से उठा और परीक्षा परिणाम को देखने जाने के लिए तैयार होने लगा।

टोनी ने सीटी बजाते हुए कहा, "चलो महाराज हम तुमको अपनी सवारी में बैठाकर ले चलें।"

टोनी घूमने के लिए किसी की मोटरसाइकिल माँगकर लाया था। न चाहते हुए भी रघुवीर उसकी मोटरसाइकिल पर बैठ गया। टोनी मोटरसाइकिल, आड़ी-तिरक्षी भगाते हुए, रघुवीर को लेकर चल दिया। रघुवीर ने काँपते हाथों से अपना रोल नंबर तलाशा।

टोनी ने सीटी बजाते हुए कहा, "क्यों उस्ताद! फेल कि पास?"

रघुवीर को अपना रोल नंबर दिखाई नहीं पड़ रहा था। उसकी आँखों के आगे अँधेरा छा गया। तभी उसको अपना रोल नंबर दिखाई दे गया। खुशी से उसकी आँखों में आँसू आ गए। टोनी उसके चेहरे पर खुशी देखकर समझ गया कि रघुवीर के परीक्षा परिणाम का क्या हुआ। उसने रघुवीर को गले लगाकर मुबारकबाद दी। अब रघुवीर को साक्षात्कार के लिए बुलावे का इंतजार था।

लिखित परीक्षा पास करने के बाद, रघुवीर के विनम्र स्वभाव में काफी परिवर्तन आ गया। अब उसके स्वभाव में घमंड दिखाई देने लगा। सबसे प्यार से बोलने वाला रघुवीर अब किसी से सीधे मुँह बात नहीं करता था। टोनी व उसके दोस्तों की चिकनी-चुपड़ी बातें अब उसे अच्छी लगने लगीं। एक दिन टोनी की मोटरसाइकिल पर बैठकर, वह बाजार कुछ खरीदने गया। रास्ते में हनुमान मंदिर के पंडितजी मिल गए। उन्होंने पूछा, "क्यों बालक! बहुत दिनों से मंदिर नहीं आए।"

उनकी बात का जवाब टोनी ने दिया, "पंडितजी अब तो, यह खुद ही भगवान होने वाला है। बहुत बड़ा अफसर बनेगा। अब इसे पत्थर के भगवान की जरूरत नहीं है।"

रघुवीर चुपचाप गर्दन घुमाकर खड़ा रहा। रोब से उसके चेहरे पर शिकन पड़ गई थी। पंडितजी, यह देखकर मुस्कराए और बोले, "बेटा, भगवान से बढ़कर कोई नहीं है।" यह कहकर वह आगे बढ़ गए।

मकान मालिक, होटल के मालिक दीनदयाल, रघुवीर के व्यवहार में आए बदलाव से हैरान थे। विनम्र स्वभाव वाले रघुवीर के व्यवहार में रूखापन एक आश्चर्यजनक चीज थी। रघुवीर का यह बदलाव, उसकी लिखित परीक्षा में सफलता का कारण था। साथ ही टोनी व उसके दोस्त उसको सब्जबाग दिखाए हुए थे। टोनी ने रघुवीर के दिमाग में बुराई भरनी चालू कर दी थी कि बड़ा अफसर बनकर वह खूब मौज उड़ाए आदि। टोनी के साथ, वह सिनेमाघर आदि में ज्यादा समय बिताने लगा। टोनी उससे कई बार कह चुका था, "यार इंटरव्यू में तुम दो मिनट में पास हो जाओगे। भाई तुम्हारी पर्सनाल्टी का जवाब नहीं।" रघुवीर को यह बात सुनकर नशा आ जाता।

एक दिन, वह रास्ते में धर्मसिंह से टकरा गया। धर्मसिंह ने उसके कंधे पर हाथ रखते हुए कहा, ''भाई, कई दिन से तुम बच्चों को ट्यूशन पढ़ाने नहीं आ रहे हो। बात क्या है?''

रघुवीर ने उनके हाथ को अपने कंधे से झटकते हुए कहा, ''मैंने ऐसी छोटी-मोटी नौकरी छोड़ दी है।'' यह कहकर वह आगे बढ़ गया।

धर्मसिंह अवाक् खड़े, उसे देखते रहे। उसका साक्षात्कार हो चुका था। एक दिन, टोनी ने रघुवीर को एक पत्र दिया। पत्र, रघुवीर के पिता का था जिसमें उसके पिता ने लिखा था कि वह शीघ्र ही गाँव आ जाए क्योंकि छोटी बहन की शादी है। साथ यह भी लिखा था कि उसकी माँ ने उसके लिए एक सुंदर सुशील लड़की देख ली है। रघुवीर गाँव पहुँचा। मगर वहाँ उसका मूड उखड़ा हुआ ही रहा। वह बहन की शादी के अगले दिन चला आया। पिता ने उसको रोकते हुए, शादी की बात छेड़ी। रघुवीर अपने माँ-बाप को दो टूक जवाब दे आया कि वह लोग उसकी शादी की परवाह न करें। वह अपनी शादी, शहर में किसी पढ़ी-लिखी बड़े घर की लड़की से खुद ही कर लेगा। उसकी बात सुनकर, माँ-बाप चुप हो गए।

अंत में बहुत दिनों के इंतजार के बाद साक्षात्कार का परिणाम भी आ गया। रघुवीर नए कपड़े पहन और पाउडर छिड़क के, टोनी के साथ मोटरसाइकिल पर सवार हो अपना परिणाम देखने गया। परिणाम की सफलता सूची में रघुवीर का कहीं पता नहीं था। उसकी आँखों के आगे अँधेरा छा गया। टोनी, उसका परिणाम भाँपते ही मोटरसाइकिल ले वहाँ से सरक लिया। रघुवीर, किसी तरह से अपने कमरे में पहुँचा और बिस्तर पर गिर गया। दो दिन तक वह अचेत अवस्था में पड़ा रहा। टोनी व उसके दोस्त, उसकी खिल्ली उड़ाने लगे। टोनी ने कई बार व्यंग्य से उस पर टिप्पणी भी कर दी कि बड़ा अपने को लाट साहब ही समझने लगा था। चेहरे से चुकंदर और भारतीय प्रशासनिक सेवा में जाना चाहता था। रघुवीर का नशा उतर चुका था।

एक दिन गंदे कपड़े और बढ़ी हुई दाढ़ी में रघुवीर कहीं जा रहा था। तभी उसके कान में हनुमान मंदिर के घंटे की ध्वनि पड़ी। वह मंदिर में चला गया। अंदर, पंडितजी उसको देखकर, बोले, ''बालक, तुम्हें क्या हुआ है? साक्षात्कार परिणाम का क्या हुआ?'' रघुवीर की आँखों में आँसू आ गए। पंडितजी सारा विषय समझ गए। उन्होंने रघुवीर की पीठ थपथपाते हुए कहा, ''कोई बात नहीं। असफलता ही सफलता की सीढ़ी है।'' तभी आरती शुरू हुई। रघुवीर हाथ जोड़कर खड़ा हो गया। आरती खत्म हुई। नारे गूँजने लगे। 'धर्म की विजय हो।' 'अधर्म का नाश हो।' 'बोलो बजरंग बली महाराज की जय।' हनुमान जी की मूर्ति के सामने रघुवीर दंडवत प्रणाम कर रहा था।

पेट केयर

शहर के एक सरकारी पशु चिकित्सालय का दृश्य है। यहाँ पशु डॉक्टर हैं भटकुआनाथ। इनके पिताजी ने इनका नाम भटकुआ इसलिए रखा था क्योंकि यह पैदा होने के बाद, अपनी माँ के साथ कहीं जंगल में भटक गए थे। इनकी पैदाइश जंगल में ही हुई थी। अपने पिता की गाली गलौज खाकर किसी तरह यह पशुओं के डॉक्टर बन गए। इनकी शादी शहर की आधुनिक लकड़ी से हो गई, जो इन्हें हमेशा कोसती रहती थी। कारण था आधुनिकता को बरकरार रखने के लिए भटकुआनाथ का वेतन उसे कम लगता।

भटकुआनाथ, चिकित्सालय में बैठे हुए, बीमार पशुओं को देख रहे थे। एक आदमी, बकरी को लेकर उनके पास आया और बोला, "डॉक्टर साहेब, बकरी खाना नहीं खा रही है।" भटकुआनाथ का सवेरे अपनी पत्नी से झगड़ा हुआ था। उनका मूड खराब था।

उन्होंने चिढ़ते हुए कहा, "बकरी खाना नहीं खा रही है तो हम क्या करें।"

व्यक्ति ने कहा, "डॉक्टर आप हैं। हम का बताएँ। दवा तो आपको ही देनी है।" भटकुआनाथ ने दवा लिखकर पर्चा उसे थमा दिया।

दूसरा आदमी, एक अजीब नस्ल का कुत्ता लेकर उनके पास पहुँचा।

कुत्ते के मालिक ने कहा, "डॉक्टर साहब, इसको टीके का इंजेक्शन लगवाना है।"

भटकुआनाथ ने उस आदमी से पूछा, "यह कौन सी नस्ल का कुत्ता है भाई?"

यह सुनकर कुत्ते का मालिक नाराज हो गया और बोला, "देखिए साहब, हमारे टोमी को कुत्ता मत बोलिए।"

भटकुआनाथ ने भटकते हुए कहा, "भाई कुत्ते को कुत्ता नहीं कहेंगे, तो क्या भैंस कहेंगे।" इतना सुनना था कि कुत्ते के मालिक ने कुत्ते की चेन ढीली कर दी। कुत्ता भटकुआनाथ की ओर लपका। भटकुआनाथ लपककर मेज पर चढ़ गए। कुत्ते

का मालिक कुत्ते को घसीटते हुए ले गया।

भटकुआनाथ दुबारा कुर्सी पर बैठ गए। एक अधेड़ उम्र की महिला चुस्त टीशर्ट और जीन्स पहने हुए उनके पास आई। उसने अपने स्तन से एक छोटी बिल्ली को दवा रखा था। अति आधुनिकता की मूर्ति यह औरत, जिस्म के सारे हिस्सों को चमकाते हुए, भटकुआनाथ से बोली, "डॉक्टर साहब, देखिए मेरी बिल्ली को बुखार है शायद।"

भटकुआनाथ ने उस महिला के कोमल हाथों से बिल्ली को लिया और उसके पेट को छूकर बोले, "लगता है बुखार है। चैक कराना पड़ेगा। वैसे आपकी बिल्ली गर्भवती लग रही है।"

यह सुनते ही महिला गुस्से से चीख पड़ी, "व्हाट आर यू सेइंग। मेरी बिल्ली कभी मेरे घर से बाहर नहीं गई है।"

भटकुआनाथ को उस महिला ने ऐसे डाँटा कि लगा जैसे उस महिला की बिल्ली के गर्भवती होने में उन्हीं का हाथ हो।

भटकुआनाथ, उस महिला से आँख बचाते हुए बोले, "जाइए, बाहर कम्पाउंडर से इसका बुखार चैक करा लीजिए।"

उस महिला ने पूछा, "बुखार कैसे चैक होगा।"

भटकुआनाथ ने थोड़ा शर्माते हुए कहा, "थर्मामीटर बिल्ली के पीछे लगाना पड़ेगा।"

महिला जीन्स और टीशर्ट में गुस्से से भुनभुनाती हुई चली गई।

थोड़ी देर में कम्पाउंडर, रामभरोसे आया और बोला कि, भटकुआनाथ को उनकी पत्नी बुला रही है। चूँकि भटकुआनाथ का निवास पशु चिकित्सालय में ही था, वह तुरंत अपनी पत्नी से मिलने चल दिए। घर पर पत्नी ने भटकुआनाथ को हड़काना चालू किया और बाजार से कुछ कीमती सामान खरीदने के लिए रुपए माँगे। भटकुआनाथ ने असमर्थता जाहिर कर दी। उनकी पत्नी ने बहुत कोसा और बाद में उनके माँ-बाप को काफी बुरा-भला कहा कि कैसे नालायक लड़के को उन्होंने जन्म दिया। बाद में अपने माँ-बाप को मन ही मन बद्दुआ दी कि कैसे लड़के से उन्होंने शादी कर दी। इसके बाद, सूटकेस में अपना सामान रखकर मायके चली गई। भटकुआनाथ ने हाथ जोड़कर इष्ट देवता को याद करते हुए कहा कि प्रभु कभी किसी आदमी की शादी बड़े घर की लड़की से मत होने देना।

पत्नी के मायके चले जाने के बाद भटकुआनाथ एक हफ्ते से सोच-विचार में लगे हुए थे कि कैसे वह अपनी आमदनी बढ़ाएँ। एक पशुओं का डॉक्टर किस तरह से ऊपर की कमाई कर सकता है। एक दिन चतुरसिंह, जो भटकुआनाथ की तरह ही पशुओं के डॉक्टर थे, उनके पास पहुँचे। भटकुआनाथ ने तीव्र इंद्रियों से महसूस कर लिया था कि चतुरसिंह बहुत रुपए कमा रहा है। उसके हाथों की सभी उँगलियों में महँगी अँगूठियाँ थीं। वह बढ़िया नए मॉडल की गाड़ी से आया था।

भटकुआनाथ के मन में बड़ी उलझन हो रही थी कि चतुरसिंह ने उसके साथ ही नौकरी शुरू की मगर वह रुपए कमाने में उनसे काफी आगे निकल गया। सहकर्मी की तरक्की पर हर व्यक्ति को थोड़ी-बहुत ईर्ष्या तो होती ही है। यहाँ तक पड़ोसियों में द्वेष, सिर्फ इस मामूली बात से बढ़ जाता है कि उसने मुझसे ज्यादा बच्चे कैसे पैदा किए।

खैर, चतुरसिंह ने भटकुआनाथ के मन की बात को भाँप लिया। उसने भटकुआनाथ से पूछा, ''कहो भाई, काम तो ठीक ही चल रहा है।''

भटकुआनाथ ने उदास मन से कहा, ''हाँ सब ठीक ही है। तुम्हारी भाभी मायके चली गई है। बस।''

चतुरसिंह ने कहा, ''यार तुम एकदम गँवार ही रहोगे। आजकल पूँजीवाद का जमाना है। बीवी बच्चों को मेनटेन करना है तो, पूँजी जोड़नी चाहिए नहीं तो कुँवारे रहना चाहिए क्योंकि शादी करने के बाद पति की हालत साँप के गले में फँसे छछूँदर की तरह हो जाती है।''

भटकुआनाथ ने मुँह बनाते हुए कहा, ''ज्यादा भाषण मत दो। यह बताओ कि इतनी दौलत कहाँ से कमायी।''

चतुरसिंह ने अपनी पीठ थपथपाते हुए कहा, ''बुद्धिमान व्यक्ति होने का कुछ तो फायदा है। मैंने शहर में एक पेट केयर खोल रखा है। कुत्ते-बिल्लियों का इलाज मैं ऊँचे दामों पर करता हूँ। आदमी, कुत्ते-बिल्ली पर हजारों खर्च करने के लिए तैयार रहता है। इस काम में बहुत कम 'रिस्क' है। आदमी को गलत दवा दे दो, तो वह चिल्लाएगा, मगर जानवर तो बेजुबान है और हम पशुओं के डॉक्टर हैं। पानी की सुई भी दवा बताकर लगा दी, तो सौ दो सौ रुपए बन गए।'' चतुरसिंह अपनी चतुराई का राग अलाप रहे थे। भटकुआनाथ चुपचाप कान को नब्बे डिग्री के कोण पर खड़ा किए हुए चतुरसिंह की बात सुन रहे थे। चतुरसिंह चले गए, मगर संकटकालीन भटकुआनाथ के दिमाग में वित्तीय संकट से उबरने का उपाय डाल गए।

भटकुआनाथ ने पशु चिकित्सालय में ही स्थित अपने सरकारी आवास को 'पेट केयर' में तब्दील कर दिया। चिकित्सालय छोड़कर अब वह निजी प्रैक्टिस में जुट गए। जो मरीज जानवर, चिकित्सालय आते थे, उनके रामभरोसे कम्पाउंडर की दवाइयों को झेलना पड़ता था। जब उनकी सहन-शक्ति कम हो जाती, तो रामभरोसे उन्हें भटकुआनाथ के पेट केयर में भेज देता। भटकुआनाथ पूरे व्यावसायिक हो गए थे। यहाँ तक कुर्सी से उठकर जानवर को देखने तक की फीस लेने लगे थे। उनको काम में मजा आने लगा था। उनकी पत्नी भी मायके से लौट आई थी। वह भी भटकुआनाथ से बहुत प्रसन्न थी।

भटकुआनाथ, अपने निवास में बने पेट केयर के दफ्तर में बैठे हुए थे। उनकी पत्नी उन्हें गाजर का हलवा खिलाकर गई थी। किस्मत के मारे, संकटाप्रसाद नाम

के व्यक्ति ने अपनी बकरी लिए हुए उनके दफ्तर में प्रवेश किया। भटकुआनाथ ने उसे देखा और मन में सोचा कि पहला ग्राहक फँसा है।

उसने संकटाप्रसाद से पूछा, "क्या नाम है?"

संकटाप्रसाद ने थोड़ा शर्माते हुए कहा, "संकटाप्रसाद।"

भटकुआनाथ ने झुँझलाते हुए कहा, "तुम्हारा नाम नहीं पूछा जा रहा। बकरी का नाम बताओ।"

संकटाप्रसाद ने बकरी की पीठ सहलाते हुए कहा, "गौरी नाम है इसका।"

भटकुआनाथ ने कहा, "कौन परेशानी है इसको?"

संकटाप्रसाद ने कहा, "यह खाना नहीं खा रही है।"

भटकुआनाथ ने कागज पर कुछ लिखा और उसे संकटाप्रसाद को पकड़ाते हुए कहा, "यह दवा लिख दी है, खिला देना।" संकटाप्रसाद ने कागज की जेब में रखा और वापस जाने के लिए मुड़ा।

भटकुआनाथ ने उसे रोकते हुए कहा, "और सौ रुपया हमारी फीस है, वह तो देते जाओ।"

संकटाप्रसाद ने आश्चर्य से कहा, "कैसी फीस डॉक्टर साहब?"

भटकुआनाथ ने माथा ठोंकते हुए कहा, "तुम्हारी बकरी को देखने की फीस।"

संकटाप्रसाद ने जेब से एक पर्चा निकालकर भटकुआनाथ को दिखाया और बोला, "हम तो यह दस रुपया देकर दवा की पर्ची रामभरोसे कम्पाउंडर से बनवा लिए हैं। अब आपकी कैसी फीस?"

भटकुआनाथ ने चिढ़ते हुए कहा, "यह सरकारी दवाखाना नहीं है। यह निजी अस्पताल है। यहाँ फीस लगती है।"

संकटाप्रसाद को लगा कि वह संकट में पड़ गया जैसे अभिमन्यु महाभारत के युद्ध में चक्रव्यूह में फँसा था। उसे तो रामभरोसे कम्पाउंडर ने यह बताया था कि डॉक्टर साहब अपने घर में बीमार पशुओं को देख रहे हैं। इसलिए वह डॉक्टर साहब के घर आ गया।

संकटाप्रसाद ने एक हाथ से सर खुजाया और दूसरे हाथ से बकरी के गले में बँधी रस्सी को मजबूती से पकड़ते हुए कहा, "हमारी कुछ समझ में नहीं आ रहा है। यह निजी अस्पताल कैसे हो सकता है।"

भटकुआनाथ ने थोड़ा तेज आवाज में कहा, "फीस निकालो जल्दी।"

संकटाप्रसाद ने अड़ते हुए कहा, "फीस कैसी? आप तो सरकारी डॉक्टर हैं।" यह कहकर वह बकरी को घसीटते हुए, बाहर ले जाने लगा।

दरवाजे पर रामभरोसे आ पहुँचा। संकटाप्रसाद व उसकी बकरी को बाहर जाने का रास्ता नहीं मिला। संकटाप्रसाद ने जेब में हाथ डाला। जेब मैं 50 रुपए ही थे। उसने वह भटकुआनाथ के हाथ पर रखे और तेज स्वर में बोलते हुए चला गया

कि घोर कलयुग आ गया भइया। सरकारी डॉक्टर भी फीस लेने लगे हैं वह भी बकरी देखने की फीस।

भटकुआनाथ ने 50 रुपए के नोट को अपनी जेब के हवाले करते हुए, रामभरोसे से कहा, ''यार, कैसे गँवार को भेज देते हो। दिमाग चाट गया। फीस भी आधी दे गया।''

रामभरोसे ने मुँह बनाते हुए कहा, ''आप भी डॉक्टर साहब फालतू डाँटते हैं। उसके चेहरे पर थोड़े न लिखा था कि वह फीस देने में आनाकानी करेगा।''

भटकुआ ने रामभरोसे को पुचकारते हुए कहा, ''नाराज मत हो मेरे लाल। यह लो दस रुपया। जाकर सरकारी अस्पताल में बैठो और मरीजों को यहाँ भेजते रहो।'' रामभरोसे प्रसन्नतापूर्वक चला गया।

भटकुआनाथ दो-तीन बीमार पशुओं को देख चुके थे। वह कुछ आराम करने को सोच रहे थे कि एक अधेड़ उम्र की महिला एक छोटे से पिल्ले को सीने से दबाए हुए उसके पास पहुँची।

उसने भटकुआनाथ से कहा, ''डॉक्टर, यह पता करना है कि यह पिल्ला कौन सी ब्रीड का है।''

भटकुआनाथ को वह पिल्ला शुद्ध देशी नस्ल का लगा मगर वह महिला को प्रसन्न करने के उद्देश्य से बोला, ''जर्मन शैपर्ड लग रहा है।''

अधेड़ महिला ने प्रसन्न होते हुए कहा, ''थैंक्यू डॉक्टर, यह पिल्ला मैंने पाँच हजार रुपया में खरीदा है।'' यह कहकर वह भटकुआनाथ की फीस देकर चली गई। भटकुआनाथ ने शुद्ध व्यावसायिक बुद्धि का प्रयोग करते हुए झूठ बोला था। वह डॉक्टर जरूर थे मगर उनकी डॉक्टरी बुद्धि कुत्ते के पिल्ले की नस्ल बता पाने में असमर्थ थी। जब पिल्ला बड़ा होगा तो उसकी असलियत सामने आएगी लेकिन वह महिला उनसे शिकायत नहीं करेगी। क्योंकि या तो भटकुआनाथ का यहाँ से तबादला हो जाएगा या फिर वह कहीं शहर के बीचोंबीच अपना निजी क्लीनिक खोलकर बैठे होंगे। वैसे भी जनता की याददाश्त बहुत कम होती है।

भटकुआनाथ को पेट केयर खोले हुए दो महीना हो गया था। लाचार जनता, बेबस हालात में सरकारी दवाखाने में पर्चा बनवाती और अपने पशुओं के इलाज के लिए भटकुआनाथ को ऊँची रकम देती। भटकुआनाथ बहुत प्रसन्न थे क्योंकि उनकी पत्नी बहुत प्रसन्न चल रही थी। प्रसन्न क्यों न हो, जब माता लक्ष्मी उनके घर में पहुँच गई थी। रामभरोसे कम्पाउंडर भी बहुत खुश चल रहा था क्योंकि, भटकुआनाथ उसको कुछ रुपए दे दिया करते थे ताकि उसकी प्रसन्नता बनी रहे।

एक दिन, रामभरोसे कम्पाउंडर, अपनी कुर्सी पर बैठा ऊँघ रहा था। तभी वहाँ एक लाल बत्ती की कार आई और उसमें से कुछ खतरनाक किस्म के आदमी रामभरोसे कम्पाउंडर के पास पहुँचे। उनमें से एक बोला, ''सुनो, जल्दी चलो। मंत्री जी की

भैंस की तबीयत खराब है। वह चारा नहीं खा रही है। दूध भी देना बंद कर दिया है।" रामभरोसे कम्पाउंडर ने वहाँ से खिसकने की कोशिश की ताकि वह भटकुआनाथ को बुला लाए। मगर उन खतरनाक किस्म के व्यक्तियों ने रामभरोसे कम्पाउंडर को जबरन कार में बैठा लिया और मंत्री जी के घर चले गए। रामभरोसे कम्पाउंडर को दवा के बारे में कम जानकारी थी। मगर दबाव में वह भैंस को एक इंजेक्शन लगा आया, जिसके बारे में उसको खुद कम जानकारी थी।

दो दिन बाद, भैंस मर गई। या तो वह रामभरोसे के इंजेक्शन का कमाल था या फिर भैंस की बीमारी की तीव्रता। मगर मंत्री जी के गुस्से का निशाना बने भटकुआनाथ। भटकुआनाथ की नौकरी पर खतरा मँडराने लगा। रामभरोसे छुट्टी लेकर अपने गाँव भाग गया। भटकुआनाथ के सामने दो विकल्प थे। या तो वह नौकरी से हाथ धोते या फिर मंत्री जी को खुश करते। मंत्री जी को खुश करने का यही तरीका था कि उनको नई भैंस खरीद के दी जाए। भटकुआनाथ ने, पेट केयर वगैरह से हुई सारी कमाई, भैंस खरीदने में लगा दी। क्योंकि भैंस उम्दा नस्ल की थी, उनकी काफी पूँजी उसमें लग गई। मंत्री जी नई भैंस पाकर खुश तो हुए मगर उन्होंने भटकुआनाथ का सजा के रूप में कहीं गुमनाम जगह पर तबादला करवा दिया। भटकुआनाथ फिर जिंदगी से परेशान हो गए। उनकी पत्नी ने दुबारा मायके की राह ली।

दौरा

झाँसी जिला उत्तर प्रदेश के बुंदेलखंड क्षेत्र में पड़ता है। इसी जिले में एक सरकारी विभाग है। सरकारी विभाग में बहुत हलचल है क्योंकि राजधानी लखनऊ से इस विभाग के प्रमुख अफसर दौरे पर झाँसी आ रहे हैं। सरकारी विभाग के दो बाबुओं को सरकारी वाहन उपलब्ध कराया गया है ताकि वह दोनों वाहन में बैठकर, लखनऊ से आने वाले अफसर को शहर से दस किलोमीटर पहले रिसीव करें। दोनों बाबू, बहुत प्रसन्न थे। प्रसन्नता का कारण, लखनऊ से आने वाले अफसर नहीं थे बल्कि, सरकारी वाहन का मिलना। उन दोनों को पता था कि सरकारी अफसर किस समय झाँसी पहुँचेंगे और उनके पास दो-तीन घंटे का फालतू समय उपलब्ध था। उन्होंने इन दो-तीन घंटे का सदुपयोग, सरकारी वाहन का घरेलू इस्तेमाल करने की योजना बनाई है।

पहला बाबू कह रहा है, "चलो, आज सरकारी जीप से बच्चों को घुमा दें। बहुत दिनों से वह जीप वगैरह में नहीं बैठे हैं।"

दूसरे बाबू ने कहा, "बात तो सही है महाराज। मगर कहीं लखनऊ से आने वाले अफसर को रिसीव करने में लेट न हो जाएँ।"

पहले बाबू ने कहा, "अरे लेट नहीं होंगे। चलो जल्दी घर के काम निपटा दें।"

दूसरे बाबू ने कहा, "हाँ चलिए, मेरी बीवी को भी सब्जी खरीदनी है।" दोनों सरकारी वाहन पर बैठकर चले गए।

लखनऊ से आने वाले अफसर देवनाथ हैं। यह गंभीर स्वभाव के व्यक्ति हैं जो जीवन के कई साल सरकारी काम कुर्सी पर बैठकर करने की वजह से गैस व कब्ज की बीमारी से ग्रस्त हैं। मगर इनके रोबीले अंदाज में कोई कमी नहीं है। लेकिन इनसे भी ज्यादा रोबीली इनकी धर्मपत्नी है जिसकी नाक पर हरदम गुस्सा चढ़ा रहता। साथ में इनका लड़का मास्टर बंटी है जो नकचढ़ा किस्म का है क्योंकि अफसर दंपति

उसको बहुत प्यार करते हैं। यह सब, अफसर देवनाथ के साथ, झाँसी घूमने जा रहे हैं। कार में लखनऊ से यात्रा शुरू करने के बाद, बंटी ने झाँसी के बारे में देवनाथ से काफी सवाल किए, जिसके जवाब में देवनाथ खर्राटे बजाकर सो गए। कई घंटों के सफर के बाद बंटी ने देवनाथ से कहा, ''पापा झाँसी कब आएगा।''

देवनाथ ने कहा, ''बस एक घंटे की बात और है।''

उनकी धर्मपत्नी ने गुस्से से कहा, ''पता नहीं इनका एक घंटा कब खत्म होगा।''

देवनाथ ने धर्मपत्नी के कंधे पर थपकी देते हुए कहा, ''आएगा। थोड़ा सब्र करो।''

कार का ड्राइवर राजकुमार चुपचाप गाड़ी चला रहा है और गाड़ी चलाते हुए कभी झपकी भी ले लेता है। उसके उस्ताद ने सिखाया था कि गाड़ी चलाते समय ड्राइवर को झपकी ले लेनी चाहिए ताकि ड्राइवर को थकान महसूस न हो, बल्कि गाड़ी तो भगवान के भरोसे चलती है।

झाँसी जिला नजदीक आ रहा है। पूरा इलाका पथरीला व ऊँचे टीले का समावेश है। कई दुर्गनुमा इमारतें इन टीलों पर दिखाई दे रही हैं। पूरा इलाका सिर्फ चट्टान व पत्थर से भरा हुआ है। अफसर अपने परिवार के साथ कार में बैठे हुए, बाहर गुजरते दृश्यों का मुआयना कर रहे हैं।

उनकी धर्मपत्नी ने कहा, ''बड़ी ऊबड़-खाबड़ जगह है।''

राजकुमार ड्राइवर ने कहा, ''मेम साहब यहाँ डकैत भी बहुत हैं।'' देवनाथ की पत्नी का चेहरा सफेद पड़ गया।

देवनाथ ने राजकुमार को डाँटते हुए कहा, ''चुप रहो तुम। क्या झूठ बोलकर मेम साहब को डरा रहे हो।'' राजकुमार चुपचाप गाड़ी चलाता रहा।

झाँसी शहर से 10 किलोमीटर पहले, राजकुमार को सरकारी जीप दिखाई दी, जिसमें दो बंदरनुमा व्यक्ति बैठे थे, जो कार देखकर जीप से उतर आए। उन्होंने हाथ देकर कार रुकवाई और लपककर देवनाथ के पाँव छुए और बोले, ''नमस्कार सर! हम आपके विभाग से हैं।''

देवनाथ ने रोबीली आवाज में कहा, ''ठीक है, हमारा इंतजाम कहाँ किया गया है।''

एक व्यक्ति ने कहा, ''सर, सरकिट हाउस में आपका प्रबंध है। विभाग के सब अफसर वहीं तैनात हैं।''

देवनाथ ने कहा, ''ठीक है ले चलिए हमको वहाँ तक।''

दोनों व्यक्ति लंगूरों की तरह जीप में लपककर बैठ गए और जीप से देवनाथ की कार को रास्ता दिखाने लगे।

सरकिट हाउस अंग्रेजों की देन है जो अब भारतीयों के हाथ में है। इस समय इस भव्य इमारत में कुछ व्यक्तियों की मौजूदगी है, जो देवनाथ का लखनऊ से आने

का इंतजार कर रहे हैं। देवनाथ की कार, सरकिट हाउस में प्रवेश कर गई। उनकी कार को देखते ही सारे व्यक्ति उसकी ओर झपटे जैसे राशन की दुकान पर लाचार जनता हमला करती है। देवनाथ कार से उतरे। एक दुबले-पतले और चेहरे से बिदकी गाय से भी ज्यादा बिदके व्यक्ति ने लपककर देवनाथ को नमस्ते किया और उन्हें सरकिट हाउस में एक कमरे की ओर ले गया। यह व्यक्ति दुर्जेयनाथ हैं जो कि विभाग में जिले के सबसे बड़े अफसर हैं। देवनाथ की धर्मपत्नी व पुत्र बंटी भी कमरे में चल दिए। कमरे में चाय-नाश्ते का इंतजाम था। देवनाथ ने रोबीले अंदाज में चाय पी। उनकी पत्नी ने थोड़ी नाजुक अदा में चाय खत्म की। मास्टर बंटी चाय नहीं पीते हैं। उसने बिस्कुट से ही तसल्ली की। दुर्जेयनाथ ने देवनाथ से पूछा, ''सर क्या प्रोगाम रहेगा?''

देवनाथ ने अपनी मूँछों पर हाथ फेरा और बोले, ''ऐसा है मिस्टर दुर्जेयनाथ कि कल रविवार है, तो कल तो हम झाँसी का किला आदि देखेंगे।''

दुर्जेयनाथ ने थोड़ा हिचकते हुए कहा, ''सर! आप ओरछा भी देख लें तो अच्छा होगा। वहाँ राम राजा का मंदिर व जहाँगीर महल आदि जगह देखने की है।''

देवनाथ ने कहा, ''नो नो ओरछा तो मध्य प्रदेश में है। हम सरकारी कार लेकर दूसरे प्रदेश में कैसे जाएँगे। यह गलत बात है।''

दुर्जेयनाथ ने थोड़ा हिचकते हुए कहा, ''सर सभी अफसर जाते हैं। कोई ज्यादा दूर थोड़े ना है। यही कोई 25-30 किलोमीटर है।''

देवनाथ ने मना कर दिया। दुर्जेयनाथ, उनके खाने-पीने का इंतजाम कर अपने घर लौट आए।

रात में देवनाथ की धर्मपत्नी ने उन्हें बुरी तरह लताड़ा। वह गुस्से से कह रही थी, ''तुम्हीं तो एक सत्यवादी हरिश्चंद्र के नाती हो। ओरछा नहीं जाओगे। सारी दुनिया ओरछा घूमेगी, मगर यह सरकारी काम देखेंगे। फिर हम लोगों को यहाँ लाने की क्या जरूरत थी।''

देवनाथ ने कान पर हाथ लगाते हुए कहा, ''माफ कर दो। कल तुम्हें ओरछा घुमाने ले चलेंगे।''

दुर्जेयनाथ अपने घर में बैठे हुए थे। उनके एक मातहत मल्लू सिंह ने कहा, ''सर, यह जो खर्चा लखनऊ के अफसर पर होगा वह कहाँ से आएगा।''

दुर्जेयनाथ ने उसे डाँटते हुए कहा, ''एकदम मूरखचंद हो क्या? किसी भी सरकारी फंड से यह खर्चा निकाल लेंगे। कोई अपनी जेब से थोड़ी न इन बड़े अफसरों को खिलाना है।'' फिर रुककर जम्हाई लेते हुए बोला, ''ऐसा है मल्लू सिंह तुम नए हो इसीलिए अभी कुछ नहीं जानते। बाद में खुद ही समझ जाओगे। अब मैं सोऊँगा। कल सारा दिन देवनाथ साहब को घुमाना-फिराना है।'' यह कहकर वह सोने चला गया। मल्लू सिंह ने भी अपने घर की राह पकड़ी।

सुबह देवनाथ व उनके परिवार को नाश्ता कराने की जिम्मेदारी मल्लू सिंह को सौंपी गई थी। अफसर परिवार शुद्ध शाकाहारी था, इसीलिए उनके लिए ब्रेड, मक्खन, दूध, फल आदि का इंतजाम किया था। लेकिन नई नौकरी व कम अनुभव की वजह से मल्लू सिंह मात खा गए। ब्रेड में मक्खन कम लगा था। देवनाथ की धर्मपत्नी ने मल्लू सिंह को तलब किया। मल्लू सिंह तत्परता से उपस्थित हुए। देवनाथ की धर्मपत्नी ने उसे हड़काना चालू किया, ''तुम्हारा दिमाग खराब है। तुमको अफसर को कैसा नाश्ता कराना चाहिए, यह पता है कि नहीं।'' मल्लू सिंह चुपचाप सर झुकाए खड़ा था।

उसने डरते-डरते कहा, ''मैडम माफ कर दीजिए। गलती हो गई। नई नौकरी है।''

देवनाथ ने शांत स्वर में कहा, ''अच्छा जाइए, मिस्टर दुर्जेयनाथ आ गए हों तो उन्हें भेजिएगा।'' मल्लू सिंह वहाँ से सरपट निकल भागे। बाहर उसे दुर्जेयनाथ मिले जिसे इस पूरे हादसे की जानकारी मिल चुकी थी।

उसने मल्लू सिंह को डाँट लगाई, ''गधे, तू हम सबकी नौकरी ले डूबेगा।''

मल्लू सिंह ने हाथ जोड़ते हुए कहा, ''सर, अब आप ही पालनहार हैं। हमारे संकट काटिए।''

दुर्जेयनाथ ने एक पैकेट मल्लू सिंह को दिया और उसे देवनाथ परिवार के पास ले जाने के लिए इशारा किया और बोला, ''याद रखो, साहब से ज्यादा उनकी पत्नी खतरनाक होती है। उनका ख्याल रखना ज्यादा जरूरी है।'' यह कहकर वह देवनाथ के कमरे में घुसे और मधुर मुस्कान बिखेरते हुए बोले, ''गुडमार्निंग सर! गुडमार्निग मैडम! हैलो बंटी बेटा।'' देवनाथ ने धीमे से अभिवादन स्वीकार किया, मगर उनकी धर्मपत्नी मुँह फुलाए हुए बैठी थी। अब तक मल्लू सिंह ने पैकेट नाश्ते की टेबल पर रख दिया।

दुर्जेयनाथ ने कहा, ''सर, यह शर्मा स्वीट्स के यहाँ से जलेबी और दही मँगवाई है। बहुत प्रसिद्ध है सर! मैडम खाकर देखिए।'' दुर्जेयनाथ के मधुर आग्रह की वजह से देवनाथ परिवार ने जलेबी व दही का स्वाद उठाया और देवनाथ की धर्मपत्नी थोड़ा प्रसन्न हुई।

नाश्ता वगैरह खत्म होने के बाद, देवनाथ व उनका परिवार, घूमने जाने के लिए तैयार हुआ। दुर्जेयनाथ, देवनाथ व उनके परिवार को झाँसी का किला दिखाने के लिए ले चले। विभाग के काफी लोग किले में मौजूद थे, ताकि देवनाथ व उनके परिवार को रानी झाँसी के किले से परिचित करा सकें। रानी झाँसी का किला छोटा मगर एक उत्तम दुर्ग है। देवनाथ व उनकी धर्मपत्नी को कार द्वारा किले तक पहुँचाया गया। करीब दर्जन भर विभाग के लोग देवनाथ व उनके परिवार को किले का महत्त्व समझा रहे थे।

एक बोला, ''सर यह गौस खाँ की तोप है।''

दूसरा बोला, ''सर यह बहुत भयानक आदमी थे।''

तीसरा बोला, ''सर, गौस खाँ ने अकेले कई सौ अंग्रेज सिपाही मार डाले थे।'' देवनाथ चुपचाप सुन रहे थे इसी में से एक महत्वाकांक्षी व्यक्ति उनकी धर्मपत्नी को मक्खन लगाने के उद्देश्य से बोला, ''माताजी! रानी लक्ष्मीबाई बहुत बहादुर औरत थी।''

धर्मपत्नी बिगड़ गई और बोली, ''यह माताजी किसको बोल रहे हो तुम।''

तभी दुर्जेयनाथ ने बात सँभाली, ''बेवकूफ, मेमसाहब बोला करो। अक्ल नहीं है।'' यह सुनकर वह व्यक्ति भीड़ में छुप गया।

किले में ऊपर-नीचे उतरते हुए आधा घंटा बीत गया। दुर्जेयनाथ ने देवनाथ व उनके परिवार के लिए शीतल पेय का इंतजाम किया था। देवनाथ व उनका परिवार थकान मिटाकर, किले के बाकी हिस्सों को देखने लगा। एक जगह पहुँचकर इतिहास का थोड़ा ज्ञान रखने वाले व्यक्ति ने देवनाथ से कहा, ''सर! इस दीवार से रानी लक्ष्मीबाई अपने पुत्र के साथ, घोड़े पर सवार हुए, खाई में कूद गई थी।'' देवनाथ ने गौर से वह जगह देखी। धर्मपत्नी ने धूपी चश्मे को हटाकर वह जगह देखी। मास्टर बंटी ने जगह को देखकर खुशी प्रकट की।

तभी भीड़ में से एक व्यक्ति ने कहा, ''सर, यहाँ से लक्ष्मीबाई नहीं, उनकी सेना की महिला सेनापति झलकारी बाई कूदी थी।'' देवनाथ ने उसे घूरकर देखा।

दुर्जेयनाथ ने उसे डाँटते हुए कहा, ''चुप करो कपूर। डुप्लीकेट का जमाना पहले नहीं था, अब वह जमाना चल रहा है।'' कपूर दुखी होकर चुप हो गया। किला देखने के बाद, सारा सरकारी तंत्र, संग्रहालय देखने पहुँचा। मगर वह अभी बंद था। देवनाथ थोड़ा मायूस हुए।

उनकी धर्मपत्नी ने दुर्जेयनाथ को डाँटते हुए कहा, ''आपको पहले पता करना चाहिए था कि संग्रहालय कब खुलता है।''

दुर्जेयनाथ ने सर झुकाकर कहा, ''जी मैडम।''

फिर देवनाथ की तरफ मुँह करके कहा, ''सर, ओरछा घूम आते हैं।'' देवनाथ ने अपनी धर्मपत्नी की तरफ देखा और फिर धीमे से सर हिला दिया।

पूरा सरकारी तंत्र ओरछा की ओर चल दिया। ओरछा मध्य प्रदेश में पड़ता है। सरकारी वाहनों की कतार, ओरछा की तरफ अग्रसर थी। कार में देवनाथ की पत्नी दुर्जेयनाथ के खिलाफ रोष प्रकट कर रही थी, ''बहुत बदमाश लग रहा है यह आदमी। पहले से पता करके नहीं रख सकता था कि संग्रहालय कब खुलेगा।'' देवनाथ कुछ नहीं बोले। मास्टर बंटी ने हाँ में हाँ मिलाई। ओरछा पुराने राजा लोगों की जगह है। बुंदेल राजा लोगों का भी राज्य था। ओरछा पहुँचकर दुर्जेयनाथ, देवनाथ व उनके परिवार को लेकर राम राजा के मंदिर में ले गए और वी.आई.पी. दर्शन का इंतजाम

करने लगे। वी.आई.पी. दर्शन का सरकारी अर्थ में मतलब है कि अति विशिष्ट लोगों को देवता के दर्शन के लिए आम लोगों के साथ पंक्ति में खड़ा न होना पड़े। दुर्जेयनाथ, बड़ी मुश्किल से एक पुजारी को पटाकर, देवनाथ व उनके परिवार को भीड़ इत्यादि से बचाकर, किसी तरह से देवता के दर्शन कराने में सफल हुए। मगर भीड़भाड़ में, देवनाथ की धर्मपत्नी का धूपी चश्मा गिर गया, जिसकी वजह से वह दुर्जेयनाथ से और नाराज हो गई। मंदिर के बाहर कुछ मूर्तियों की दुकान लगी हुई थी। देवनाथ की धर्मपत्नी मूर्तियाँ खरीदने दुकान में घुस गई। दुर्जेयनाथ समेत सारे सरकारी लोग दुकान से दूर सरक गए। कारण था, सरकारी फंड, इस खरीददारी में मदद नहीं कर सकता था। देवनाथ की धर्मपत्नी को मूर्तियाँ खुद अपने रुपए से खरीदनी पड़ीं। उन्हें बड़ी निराशा हुई। उन्होंने सोचा था कि मूर्तियों का भुगतान दुर्जेयनाथ कर देंगे। दुर्जेयनाथ से उनकी नाराजगी बढ़ने लगी।

देवनाथ व उनके परिवार को जहाँगीर महल आदि दिखाया गया। मगर देवनाथ की धर्मपत्नी का मूड खराब हो चुका था। धर्मपत्नी का मूड खराब था इसीलिए देवनाथ का भी मूड उखड़ गया था। सारा सरकारी तंत्र, झाँसी के सरकिट हाउस रवाना हुआ। सरकिट हाउस पहुँचकर दुर्जेयनाथ ने देवनाथ से अगले दिन के कार्यक्रम के बारे में पूछा। देवनाथ ने अगले दिन विभाग के सभी व्यक्तियों को मीटिंग में उपस्थित होने को कहा। उन्होंने दुर्जेयनाथ से विभाग के विकास के सभी कागजात लाने के निर्देश दिए। दुर्जेयनाथ का चेहरा लटक गया।

रात में दुर्जेयनाथ ने देवनाथ व उनके परिवार के लिए बढ़िया खाने का इंतजाम किया था। यहाँ पर मल्लू सिंह ने गलती कर दी। उसने खाने में मटर पनीर के साथ लौकी की सब्जी बना दी। मामला गड़बड़ा गया और पहले से ही नाराज देवनाथ की धर्मपत्नी और ज्यादा रुष्ट हो गई।

रात में अपने घर में दुर्जेयनाथ अपनी खैरियत की दुआ माँग रहा था और साथ ही में मल्लू सिंह को डाँट रहा था, ''तुम एकदम बेवकूफ हो। वी.आई.पी. विजिट सर पर लटकती तलवार की तरह होती है। जहाँ कुछ गड़बड़ हुई, वहीं पर नौकरी को खतरा उत्पन्न हो जाता है।''

मल्लू सिंह ने हाथ जोड़ते हुए कहा, ''सर, गलती हो गई। माफ कर दीजिए। मुझे क्या पता था लौकी की सब्जी इतनी विवादित हो जाएगी।''

दुर्जेयनाथ ने सर पकड़ते हुए कहा, ''बेवकूफ मातहत जी का जंजाल। अब झेलना तो मुझे ही है।'' यह कहकर वह चुप हो गए।

सवेरे मीटिंग में देवनाथ ने दुर्जेयनाथ की धज्जियाँ उड़ा दीं। देवनाथ भी मजबूर थे क्योंकि रात भर वह अपनी धर्मपत्नी के मुँह से दुर्जेयनाथ की बुराई सुनते रहे थे।

मीटिंग के बाद देवनाथ व उनका परिवार लखनऊ के लिए चल दिया। दुर्जेयनाथ

ने दो डब्बे मिठाई के देवनाथ की कार में रखवा दिए थे, मगर देवनाथ की धर्मपत्नी के मन में अपने लिए अच्छी छवि न बना पाए। उसने राजकुमार ड्राइवर को दो बोतल अंग्रेजी शराब की दिलवाईं ताकि वह देवनाथ से, कार चलाते समय दुर्जेयनाथ की तारीफ कर सके। मगर चलते वक्त, राजकुमार ने भी उससे मुँह फेर लिया, ठीक "खाए पिए खिसके" अंदाज में।

देवनाथ व उनके परिवार को लेखनऊ गए एक सप्ताह हो चुका था। दुर्जेयनाथ को रक्तचाप की समस्या हो चुकी थी। उसे किसी अनिष्ट की आशंका थी। एक दिन, दुर्जेयनाथ को अपने तबादले का आदेश मिला और वह सर पकड़कर बैठ गए।

मृतक आश्रित

रमा देवी एक गरीब विधवा है। उसका पति सरकारी विभाग में वाहन चालक यानि ड्राइवर के पद पर कार्यरत था। एक दिन उसके साहब, जो कि गाड़ी खुद चला रहे थे, ने गाड़ी को ट्रक से लड़ा दिया। गाड़ी इस प्रकार से लड़ी थी कि ड्राइवर की मृत्यु हो गई। साहब इस हादसे में बच गए। उन्होंने ड्राइवर को आर्थिक सहायता देने का वायदा किया और फिर वायदा भूल गए। उन साहब का तबादला भी हो गया। इस कहावत को चरितार्थ करते हुए कि मृत्यु सभी कुछ भुला देती है, लोग ड्राइवर व उसकी विधवा रमा देवी को भूल गए। रमा देवी परेशान थी क्योंकि उसके दो छोटे बच्चे थे जिनके पालन-पोषण के लिए रुपयों की जरूरत थी।

रमा देवी कम पढ़ी-लिखी थी लेकिन सरकारी नियम के अनुसार उसको मृतक आश्रित के रूप में नौकरी मिलनी चाहिए थी जो कि नहीं मिली क्योंकि सरकारी बाबू व अफसरों को उसके काम में कोई दिलचस्पी नहीं थी। रमा देवी दिन भर दफ्तर के चक्कर लगाकर लौट जाती मगर उसका काम नहीं होता। लोग अपनी दुनिया में मस्त सिर्फ अपनी सुखों की फाइल दबोचे दफ्तर की चौखट लाँघते रहे। रमा देवी के घर में चूल्हा भी मुश्किल से जल पाता।

आज रमा देवी, दफ्तर फिर आई। नई उम्र की विधवा होने की वजह से उसका शरीर अभी काफी कुछ बर्दाश्त करने लायक था। फटी साड़ी में अपने को समेटे हुए वह किसी तरह से दफ्तर के बड़े बाबू के पास पहुँची। बड़े बाबू बाबा आदम के जमाने की दो दर्जन फाइलों में अपना सर झुकाए हुए कुछ सोच रहे थे। रमा देवी ने उसके पास पहुँचकर अभिवादन किया—"बड़े बाबू नमस्ते।" बड़े बाबू के कानों में जूँ नहीं रेंगी वह चुपचाप दीमक लगी फाइलों में नाक लगाए कुछ सूँघने की कोशिश करते रहे। रमा देवी ने कुछ गिड़गिड़ाहट भरे अंदाज में कहा, "बड़े बाबू एक मिनट हमारी बात सुन लीजिए। हम बहुत परेशान चल रहे हैं।" बड़े बाबू ने फाइल पर से नजर उठाई और सीधे रमा देवी के शरीर पर डाल दी और उसकी

शारीरिक गोलाइयों को प्यार भरी नजरों से देखते हुए बोले, "देखो रमा, तुम हमेशा इसी चक्कर में रहती हो कि तुम्हें नौकरी दिलवा दी जाए। मगर क्या करोगी। तुम्हारी पढ़ाई-लिखाई भी कम हुई है।"

रमा देवी ने गिड़गिड़ाते हुए कहा, "मैं कुछ भी कर लूँगी। आप सब लोगों को पानी पिलाऊँगी।"

बड़े बाबू ने रहस्यमयी मुस्कान फेंकते हुए कहा, "कुछ भी कर लोगी।"

रमा देवी ने बड़े बाबू की जलती निगाहें अपने बदन पर महसूस कीं और वह थोड़ा सख्त होते हुए बोली, "बड़े बाबू, हम गरीब हैं मगर हमारी भी इज्जत है।"

बड़े बाबू के मिजाज में गर्मी आई और वह व्यंग्यनुमा स्वर में बोले, "बड़ी आई इज्जत वाली। चल जाकर बाहर बैठ। साहब आएँगे तो तेरी बात सुनेंगे।" रमा देवी चुपचाप बाहर पड़ी बेंच पर बैठ गई।

रमा देवी चुपचाप दफ्तर के बाहर पड़ी बेंच पर बैठकर सोच रही थी आज उसके घर का चूल्हा कैसे जलेगा। तभी दफ्तर का चपरासी हरीराम उधर से गुजरा। यह रमा देवी के पति का घनिष्ठ मित्र था।

हरीराम ने रमा देवी से कहा, "अरे भाभी, आप कैसी हैं?" रमा देवी ने चुपचाप सर हिला दिया।

हरीराम बेंच पर रमा देवी के बगल में बैठ गया और अपने शरीर को रमा देवी से सटाते हुए बोला, "भाभी मैं आपकी तकलीफ समझता हूँ। मगर क्या करूँ मैं तो सिर्फ चपरासी हूँ।" यह कहकर उसने रमा देवी का हाथ पकड़ने की कोशिश की।

रमा देवी गुस्से से बिफरते हुए बोली, "हाँ, मुझे पता है कि तुम कितनी सहानुभूति रखते हो। जब पति जिंदा था उससे शराब की बोतल लेने के लिए गिड़गिड़ाते थे और अब उसकी पत्नी के साथ खेलना चाहते हो।" यह कहकर वह उठकर चली गई।

हरीराम उसको घूरते हुए बोला, "साली का दिमाग खराब है। रस्सी जल गई मगर ऐंठ नहीं गई।" यह कहकर उसने जमीन पर थूक दिया।

रमा देवी अपने झोंपड़ीनुमा घर में बैठी है। यह घर उसके पति का पुश्तैनी मकान है। पति के माँ-बाप की मृत्यु काफी पहले हो चुकी थी। अब रमा देवी अपने दो छोटे बच्चों के साथ रहती है। उसकी पड़ोसन सुरसती, उसके बच्चों की देखभाल करती है। सुरसती कुछ खाने का सामान लेकर आई। उसने रमा देवी के उदास चेहरे को देखते हुए कहा, "बहन, यह लो कुछ खाने का सामान है।"

उसकी प्यार भरी आवाज सुनकर रमा देवी फफककर रो उठी।

उसने सुरसती को गले लगाकर कहा, "सुरसती इस जमाने में अकेली औरत

का कोई हमदर्द नहीं होता। सब उसको खिलौना समझते हैं। दोस्त भी इज्जत के दुश्मन हो जाते हैं।''

सुरसती ने उसको सांत्वना देते हुए कहा, ''घबराओ मत बहन। भगवान सबकी सुनता है। चलो कुछ खा लो।''

तभी सुरसती का शराबी पति मल्लू वहाँ शराब के नशे में झूमते हुए आया और आते ही सुरसती को गाली देनी शुरू की, ''साली! हरामी! मुफ्त का माल समझकर यहाँ खाने का माल लाती है। इसका पति तो मर गया, अब क्या मुझे मारना चाहती है। कुतिया, चल यहाँ से।''

सुरसती ने अपने पति से विरोध जताना चाहा, ''रमा बहन के लिए ऐसा मत कहो। जब इसका पति जिंदा था तो उसने हम लोगों की काफी मदद की थी।''

मल्लू ने एक झापड़ खींचकर सुरसती के गाल पर दिया और चीखते हुए बोला, ''साली, अगर इसके पति ने मदद की थी तो क्या इसको घर में बैठा लूँ।'' यह कहकर वह सुरसती को घसीटते हुए ले गया। रमा देवी की आँखें आँसुओं से लाल हो चुकी थीं।

रमा देवी आज मन में ठान के आई थी कि वह अफसर से मिलकर रहेगी। कई महीने से चक्कर लगाने के बावजूद वह अफसर से नहीं मिल पाई थी। उसके मन में आशा थी कि शायद अफसर उसकी कुछ मदद कर सकेगा। यही सोचकर वह आज दफ्तर खुलते ही पहुँच गई थी। काफी देर बेंच पर बैठे हो गया। अफसर अभी तक नहीं आए थे। हरीराम, रमा देवी के पास एक-दो चक्कर लगाकर, जा चुका था। उसकी उल्टी-सीधी बात सुनकर रमा देवी का मन विचलित हो चुका था। तभी अफसर की गाड़ी आई और अफसर उसमें से उतरकर सीधे दफ्तर में घुस गए।

थोड़ी देर के बाद रमा देवी अफसर के कमरे की ओर बढ़ी। हरीराम ने उसे रोकते हुए कहा, ''कहाँ जा रही हो! साहब अभी फाइल देख रहे हैं।''

रमा देवी ने चीखते हुए कहा, ''साहब, रोज ही फाइल देखते रहते हैं। हम गरीबों की बात कब सुनेंगे।'' रमा देवी की आवाज काफी तेज थी। अफसर ने भी सुन ली। उसने बैल बजाकर हरीराम को बुलाया और रमा देवी के बारे में पूछताछ की। अफसर ने रमा देवी की फरियाद सुनने के लिए अंदर बुला लिया।

रमा देवी अफसर के सामने डरी-सहमी खड़ी थी। अफसर ने रोबीले अंदाज में रमा देवी का ऊपर से नीचे तक मुआयना किया फिर भारी आवाज में पूछा, ''क्या परेशानी है तुम्हें?''

रमा देवी ने अपना दुखड़ा रोया।

अफसर ने माथे पर लकीरें बनाते हुए कहा, ''अच्छा तो तुम्हें नौकरी चाहिए।''

रमा देवी ने हाथ जोड़ते हुए कहा, ''जी सरकार, बच्चों को पालने के लिए, नौकरी जरूरी है।''

अफसर ने रमा देवी की बात ध्यान से सुनी और उसे आश्वासन देकर विदा किया।

थोड़े दिनों बाद, रमा देवी की नौकरी, विभाग के गेस्ट हाउस में लगा दी गई। गेस्ट हाउस में सफाई वगैरह का काम, रमा देवी के जिम्मे था। धीरे-धीरे एक महीना बीत गया और उसे पहली पगार मिली। बच्चों के लिए वह मिठाई लेकर पहुँची। वहाँ सुरसती भी मौजूद थी। रमा देवी के प्रसन्नचित्त चेहरे को देखकर वह मुस्कराते हुए बोली, ''क्या बात है बहन, बहुत खुश नजर आ रही हो।''

रमा देवी ने मिठाई का डब्बा उसके हाथ में रखते हुए कहा, ''आज पहली पगार मिली है, इसीलिए खुशी है। यह लो मिठाई खाओ।''

सुरसती ने मिठाई खाते हुए कहा, ''मैं न कहती थी कि भगवान के घर देर है, अंधेर नहीं।''

रमा देवी ने हाँ में हाँ मिलाई।

एक दिन गेस्ट हाउस में अफसर अपने दो-तीन मित्रों के साथ शाम को पहुँचे। उनका गेस्ट हाउस में रात बिताने का प्लान था। रमा देवी को रात में खाना बनाने के लिए रोक लिया गया। रमा देवी सुरसती की वजह से निश्चिंत थी कि वह घर में उसके बच्चों को सँभाल लेगी। रात में रमा देवी ने खाना मेज पर लगाया। अफसर व उसके मित्र जो शराब के नशे में धुत थे खाना खाकर, गेस्ट हाउस में आकर बैठ गए। रमा देवी अफसर से घर जाने की आज्ञा माँगने आई। अफसर व उसके मित्र भूखे जानवर की तरह उस पर टूट पड़े। रमा देवी के नथुने में शराब की दुर्गंध फैल चुकी थी और वह बेहोश हो गई। जब उसे होश आया तो काफी दिन निकल चुका था। अफसर व उसके मित्र जा चुके थे। वह किसी तरह अपने घर पहुँची। घर पहुँचकर वह काफी देर गुमसुम रही। सुरसती उससे बात करने आई मगर रमा देवी कुछ नहीं बोली। सुरसती, उसके बच्चों को खाना खिलाके अपने घर चली गयी। रमा देवी दो-तीन दिन किसी से नहीं बोली। उसका चेहरा सपाट हो गया था। मगर उसकी आँखों में एक बूँद भी आँसू नहीं था। फिर रमा देवी ने बोलचाल शुरू कर दी। अब वह गेस्ट हाउस में अपने काम पर भी जाने लगी। उसने हालात से समझौता कर लिया। मृतक आश्रित को हमेशा दूसरे पर आश्रित ही रहना पड़ता है, यह उसे पता चल गया।

एक दिन वह दफ्तर पहुँची। हरीराम उसके गाल पर चिकोटी काटकर चला गया और वह चुप रही। बड़े बाबू फाइलों पर अपना सर रखकर खर्राटे भर रहे थे। रमा देवी ने उसे आवाज देकर उठाया। बड़े बाबू उठे और रमा देवी को देखकर मुस्कराए और बोले कैसे आना हुआ?

रमा देवी ने बताया कि उसके पति का कुछ रुपया विभाग से मिलना था।

बड़े बाबू ने मोहक मुस्कान फेंकते हुए कहा, ''हाँ चेक तो बन गया है। शाम को मेरे घर पर आकर ले लेना।''

फिर धीमे स्वर में बोला, ''मेरी बीवी बच्चों के साथ मायके गई है। रात हमारे साथ ही रहना।'' रमा देवी ने हामी में सर हिलाया और अपना मुँह घृणा से फेर लिया।

लेख

उत्तर प्रदेश, भारत के कई प्रदेशों में एक प्रदेश है। जिसको प्यार से कई लोग उल्टा प्रदेश कहते हैं। इसी प्रदेश में एक जिला है लखीमपुर-खीरी और इसी जिले में है दुधवा नेशनल पार्क यानि वन क्षेत्र जहाँ पर जंगली जानवर, सरकार की अनुमति द्वारा रहते हैं। पर्यटक यहाँ जंगली जानवरों को खुले जंगल में विचरण करते हुए देखने आते हैं जो कि कम ही दिखाई देते हैं। खासकर लोग भारतीय बाघ को देखने आते हैं जो बहुत भाग्यशाली पर्यटकों को ही दिखाई देता है।

इस कहानी के मुख्य पात्र हैं, एक गरीब, लाचार, पत्रकार लल्लूराम जिनका छोटा-सा एक समाचारपत्र छपता है जिसमें वह ज्यादातर निःशुल्क लेख लिखते हैं। किसी तरह वह साल भर की कमाई जोड़कर, प्रोजेक्ट टाइगर पर लेख लिखने के लिए दुधवा नेशनल पार्क पहुँचे। उनके साथ फौज के भगोड़े रामध्यान भी थे जो तीसमार खाँ बनते थे मगर थे गीदड़ की तरह कमजोर। वह कहते थे कि वह फौज छोड़कर समाज सेवा के लिए आए हैं, मगर सच बात यह थी कि वह फौज से निकाल दिए गए थे। लल्लूराम के साले बाबू कनखजूरा प्रसाद भी थे जो चौबीस घंटे दारू के नशे में रहते थे क्योंकि उनको गम था कि वह बेरोजगार हैं। अपने रोज के खर्चे वह पत्रकार जीजा लल्लूराम के रुपयों से ही करते थे।

लल्लूराम, रामध्यान और कनखजूरा प्रसाद अपना सामान ढोते हुए दुधवा नेशनल पार्क में पहुँचे। लल्लूराम ने कॉटेजनुमा, एक कमरे का विश्राम गृह, अपने नाम पर बुक करा लिया था। कॉटेज में एक डबलबैड था जिस पर तीनों महानुभाव लोट गए। लखनऊ से दुधवा की यात्रा बहुत थकाने वाली थी क्योंकि रास्ता बहुत खराब और ऊबड़-खाबड़ था। कमरे में एक वन्य जीवों का पोस्टर लगा हुआ था जिसमें लुप्तप्राय जीव जंतु की तस्वीरें लगी हुई थीं। कनखजूरा प्रसाद ने एक चिड़िया के चित्र को देखकर कहा, "जीजा जी ई देखिए, कौआ का फोटो लगा है।"

लल्लूराम ने उसे डाँटते हुए कहा, "चुप बेवकूफ, यह साईब्रेरियन क्रेन है। नीचे लिखा नहीं देख रहे हो।"

कनखजूरा प्रसाद ने आँखें सिकोड़कर चित्र को देखा, फिर बोला, ''हाँ, कुछ हमार गाँव के कौए जैसा ही है।''

फिर बोला, ''जीजा जी हम पेशाब कर आएँ।''

लल्लूराम ने खिसियाते हुए कहा, ''जाओ ना। हमसे काहे बोल रहे हो।''

रामध्यान ने भूतपूर्व फौजी मूँछों को ऐंठते हुए कहा, ''अरे डर रहा होगा बेचारा।''

कनखजूरा प्रसाद टायलेट में गए और बिदकी गाय की तरह वापस आए और बोले, ''ई कौऊन सी बात है यहाँ तो ऊँचा वाला इंतजाम है।''

कनखजूरा प्रसाद, विलायती कमोड की बात कर रहे थे, जिससे उन्हें सख्त नफरत थी, लल्लूराम ने कनखजूरा प्रसाद से कहा कि वह जाकर आफिस में कहे कि उनका कमरा बदल दिया जाए क्योंकि बाथरूम में टायलेट की सीट उनके मतलब की नहीं। कनखजूरा प्रसाद, कान खुजाते हुए गए और नाक में उँगली डाले हुए लौटे। उसने बताया कि उनका कॉटेज बदलना मुश्किल है क्योंकि सारे कॉटेज पर्यटकों से भरे हुए हैं।

ठंड की रात थी। दिसंबर का महीना चल रहा था। जंगल, रात में रहस्यमय हो जाता है। झींगुर की आवाज से रात का सन्नाटा भागता दिखाई देता है। कुछ जंगली जानवर की आवाज भी सुनाई देती है। कॉटेज में एक डबलबैड पर तीन लोग सो रहे हैं। लल्लूराम, सपना देख रहे हैं कि वह शेर के पीछे दौड़ रहे हैं और उससे रुक जाने की प्रार्थना कर रहे हैं ताकि वह शेर का इंटरव्यू लेकर अपने समाचार पत्र में छपवा सकें। कनखजूरा प्रसाद सपना देख रहे थे कि वह शेर से शराब पिलाने का आग्रह कर रहे हैं और शेर उनके ऊपर दहाड़ रहा है। रामध्यान का सपना अजीब था। वह सपना देख रहे थे कि वह शेर को गोली मार रहे हैं, मगर शेर मर ही नहीं रहा है। जंगल का माहौल ही ऐसा है, जिसमें सभी का मन-मस्तिष्क उससे प्रभावित हो जाता है।

सवेरा हुआ तो लल्लूराम ने देखा कि कनखजूरा प्रसाद बिस्तर से गायब है। लल्लूराम परेशान हो गए। अगर उसे कुछ हो गया तो वह उसकी बहन को क्या जवाब देंगे। एकलौता साला है, उनका कॉटेज का दरवाजा भी खुला था। तभी दरवाजे से कनखजूरा ने प्रवेश किया जो थोड़ा घबराया हुआ था। उसके हाथ में पानी की एक बोतल थी।

लल्लूराम ने गुस्से से पूछा, ''कहाँ जंगल में घूम रहे हो। कोई जंगली जानवर मिल जाता तो।''

कनखजूरा प्रसाद ने कहा, ''अरे जीजा जी हम तो जंगल में पाखाना करने गए थे। जब करके वापस आ रहे थे, तो एक हिरन ने हमको दौड़ा लिया।''

लल्लूराम ने डाँटते हुए कहा, ''बेवकूफ क्या जरूरत थी जंगल में जाने की। यहाँ कॉटेज में टायलेट नहीं है।''

कनखजूरा प्रसाद ने रुआँसे स्वर में कहा, "हमको यह विदेशी कमोड नहीं पसंद है।"

लल्लूराम ने चीखते हुए कहा, "गधा कहीं का।"

तभी रामध्यान जो खर्राटे बजा रहे थे, जोर से उछलते हुए बोले, "कहाँ है शेर, मेरी बंदूक लाओ।"

सुबह के आठ बज चुके थे। ठंड का समय था। जंगल में घूमने का समय सुबह पाँच बजे से नौ बजे तक का था। फिर दोपहर 3 बजे से शाम 6 बजे तक था। सारे पर्यटक सुबह ही जंगल में घूमने निकल चुके थे। सामने झोंपड़ीनुमा कैंटीन से महँगा और निम्न स्तर का नाश्ता आदि करते, लल्लूराम और उनकी टीम ने साढ़े आठ बजा दिए। जंगल में एक जीप इस समय जा रही थी जो कि कुछ पर्यटकों से भरी हुई थी। लल्लूराम ने विनती कर उस जीप में अपने साथियों के साथ शरण ली।

जीप जंगल के अंदर बने कच्चे रास्तों से जाने लगी। जंगल काफी घना था और ऊँचे पेड़ वगैरह से घिरा हुआ था। साखू, सागौन आदि के महत्त्वपूर्ण पेड़ लगे हुए थे। रास्ते में सुबह 5 बजे से घूमने निकले पर्यटक, अपने वाहनों द्वारा वापस लौट रहे थे। जीप में बैठा गाइड बता रहा था कि इस समय जानवर नहीं दिखाई देंगे क्योंकि वह काफी देर से जंगल घूमने निकले हैं। जीप जंगल में बनी पगडंडियों पर घूमती रही, मगर कोई भी जानवर नहीं दिखाई दिया। जीप मायूस सवारियों को लेकर वापस लौटने लगी। रास्ते में गाइड ने थोड़ा आहिस्ते से दाईं तरफ इशारा करके कहा, "वह देखिए हिरन।" सब लोग दाहिनी तरफ देखने लगे। कनखजूरा प्रसाद जो जीप में पीछे बैठे थे, उत्सुकतावश पूरा शरीर निकालकर देख रहे थे, फिसल कर जीप से गिर पड़े। काफी तेज आवाज हुई। सारे लोग हिरन को देखने की कोशिश कर रहे थे। हिरन नहीं दिखा। गाइड ने हिरन न दिखाने का इल्जाम, कनखजूरा प्रसाद के ऊपर थोप दिया। सारे लोग कनखजूरा प्रसाद को कोसते हुए वापस आए।

वापस आकर लल्लूराम दुधवा नेशनल पार्क के दफ्तर में पहुँचे और वहाँ बैठे महानुभाव से पूछा, "भइया, इस जंगल में शेर है कि नहीं?"

महानुभाव ने सर हिलाते हुए कहा, "हाँ, है भाई।"

लल्लूराम ने पूछा, "कितने हैं महाराज?"

महानुभाव ने मुस्कराते हुए कहा, "पचहत्तर के करीब हैं।"

लल्लूराम ने सर खुजाते हुए कहा, "दिखा तो एक भी नहीं।"

महानुभाव ने पान जोर से थूका। पान की पीक लल्लूराम के कुर्ते पर उड़ती हुई गिरी।

फिर महानुभाव ने गला खँखारते हुए कहा, "शेर, कोई किसी की पत्नी थोड़ी न है कि जब चाहे देख लो। अरे जंगल का राजा जब खुद चाहेगा तभी दिखेगा।

जाइए, जंगल में घूमिए। आप शेर को नहीं तो शेर आपको जरूर देख लेगा।'' लल्लूराम मायूस नजर से अपने कुर्ते को देखते हुए बाहर निकले।

कनखजूरा प्रसाद और रामध्यान दोनों सारा दिन खर्राटे भर के सोते रहे। इसकी वजह से पार्क घूमने का बाकी समय सोने में निकल गया। लल्लूराम उन दोनों को कोसते हुए, पार्क अकेले घूमने गए। मगर उनको पार्क में कोई जानवर नहीं दिखाई दिया। रात में कनखजूरा प्रसाद शराब की पूरी बोतल पीकर, मग्न थे। लल्लूराम ने अपने साले को डाँटा कि पार्क में शराब पीना मना है। कनखजूरा ने कहा, कि पार्क की कैंटीन के चपरासी ने खुद यह बोतल मुझे बेची है। लल्लूराम खिसिया के चुप हो गए। रामध्यान भी कनखजूरा प्रसाद की बोतल में हिस्सा बँटाकर खुश था। कनखजूरा ने शराब की धुन में जोर लगाकर गाना शुरू किया—

''मैं हूँ बीमारे दिल, कोई ऐसा नहीं,
कि एक झटका लगे और टूटकर गिर पड़े।
मेरा दिल काँच की मूरत नहीं,
कि एक झटका लगे और टूटकर गिर पड़े।''

लल्लूराम ने कनखजूरा प्रसाद को डाँटा, ''चुप कर मूरख। पार्क में शोर मचाना मना है।''

कनखजूरा प्रसाद ने कहा, ''जीजा जी, हम शोर कहाँ मचा रहे हैं। हम तो गाना गा रहे हैं।'' कनखजूरा की शराब भरी आवाज सुनकर कई पर्यटक, उसकी कॉटेज के बाहर खड़े हो गए, यह सोचकर कि कहीं कोई रो रहा है। जंगल की रात में कनखजूरा प्रसाद की आवाज काफी देर तक गूँजती रही और फिर सब शांत हो गया।

लल्लूराम का पार्क में आज तीसरा व अंतिम दिन था। वह मायूस थे कि उन्होंने सुबह एक हाथी किराए पर किया और कनखजूरा प्रसाद और रामध्यान को उस पर बैठाकर जंगल में अंदर चले गए। हाथी पर कनखजूरा प्रसाद और रामध्यान डरे हुए बैठे थे। हाथी का महावत एक मौलाना था जो लंबी सफेद दाढ़ी का मालिक है।

लल्लूराम ने मौलाना से पूछा, ''भाई, इस जंगल में कितने शेर हैं।''

मौलाना ने हाथी को झाड़ी में घुसाते हुए कहा, ''नब्बे-सौ तो होंगे।''

लल्लूराम ने कहा, ''मगर हमको तो एक भी नहीं दिखाई दे रहा है।''

मौलाना ने दाढ़ी पर हाथ फेरते हुए कहा, ''लगता है कि आप शेर के आशिक हैं।''

लल्लूराम मन में बुदबुदाए कि वह शेर के अपने लेख के लिए परेशान हैं, जो उन्हें शेर पर लिखना है। हाथी जंगल के झाड़ी, पेड़ आदि के बीच से निकलता हुआ गुजर रहा था। मगर किसी भी जानवर का वहाँ नामोनिशान नहीं था। मौलाना गप्प लड़ाते कहानी सुनाते हाथी को वापस ले जाने लगे। लल्लूराम निराश हो गए।

रामध्यान हाथी पर बैठे अपने बालों को खुजा रहा था और कनखजूरा प्रसाद को पकड़े हुए था कि कहीं शराब के नशे में वह हाथी से गिर न पड़े।

मौलाना ने लल्लूराम की निराशा भाँपी और जंगल में एक पेड़ के पास ले जाकर बोला, ''देखिए साहब, अजगर दिखाई दे रहा है। उस पेड़ की टहनी पर।''

तीनों प्राणी आँख फाड़कर, अजगरनुमा किसी चीज को देखने का प्रयत्न कर रहे थे, मगर अजगर हो तब न दिखाई देगा।

कनखजूरा प्रसाद नशे के झोंके में टहनी को अजगर समझकर बोले, ''हाँ, हाँ, दिखाई दे रहा है। वही है। मोटी गर्दन वाला साँप।''

रामध्यान ने कड़ककर पूछा, ''अबे, हमें भी बता, कहाँ है अजगर।''

लल्लूराम भी अजगर देखने की कोशिश कर रहे थे। मौलाना ने चुपचाप हाथी आगे बढ़ा लिया।

लल्लूराम, कनखजूरा प्रसाद और रामध्यान निराश होकर वापस जाने के लिए सामान बाँधने लगे। सामान बाँधकर वह लोग जाने लगे तो, पार्क के दफ्तर के महानुभाव आए और मुस्कराते हुए बोले, ''आप लोग बहुत जल्दी जा रहे हैं।''

कनखजूरा प्रसाद ने चिढ़ते हुए कहा, ''तो का करें, रोज-रोज जंगल में पाखाना करें का।''

महानुभाव को उसकी बात समझ में नहीं आई और वह मुस्कराते हुए बोला, ''आप लोगों का गुस्सा जायज है। शेर का न दिखना बहुत कुछ उसके शर्मीले स्वभाव पर है। आप लोग अगली बार आएँगे तो शेर आपको दिख जाएगा।''

लल्लूराम अपने साथियों के साथ बस पर बैठ अपने घर के लिए रवाना हुए। दो दिन बाद, लल्लूराम ने समाचार- पत्रों में पढ़ा कि दुधवा नेशनल पार्क में दो बाघों की शिकारियों द्वारा खाल के लालच में हत्या। लल्लूराम बुदबुदाए आम नागरिकों को शेर भी नहीं दिखाई देता है और शिकारियों को अपने शिकार की जानकारी रहती है। यह कहकर वह अपना लेख लिखने बैठ गए। लेख का विषय था पालतू कुत्ते क्योंकि पालतू कुत्ते शेर की तरह दुर्लभ प्राणी नहीं थे। दूसरे, आम जनता की शेर की बजाय पालतू कुत्तों में ज्यादा रुचि दिखती है।

असर

पुराने जमाने में अंगरक्षक, राजा-महाराजाओं की रक्षा करने में लगाए जाते थे। वह वफादार जानवर की तरह अपने मालिकों की रक्षा करते थे। आज के जमाने में, यानि 21वीं शताब्दी में अंगरक्षकों के कई रूप हो गए। मगर, काम वही रहा। जान व माल की हिफाजत। अंगरक्षक कई प्रकार के हो गए हैं, निजी व सरकारी। आजकल सरकारी अंगरक्षकों का फैशन हो गया है। सरकारी अंगरक्षक, शानशौकत का प्रतीक माना जाता है। भले, अंगरक्षक के हाथ में द्वितीय विश्वयुद्ध में प्रयोग की गई जंग लगी कारबाइन हो, मगर खाकी वर्दी में वह इस बंदूक को लेकर जँचता है।

अब तो सुरक्षा का राजनीतिकरण भी हो गया है। एक राजनीतिज्ञ सत्ता प्राप्त करने के बाद दूसरे राजनीतिज्ञ, जो सत्ता विहीन हो गया है, की सुरक्षा व्यवस्था में कमी करने लगता है।

इस कहानी का मुख्य पात्र रामदीन है जो पुलिस में है और एक राजनेता का अंगरक्षक है। वह राजनेता के साथ कई दिनों से है और उस पर नेताओं वाले गुण हावी हो रहे हैं। वह राजनेता के व्यक्तित्व के असर में डूब सा गया था। वह राजनेता का एक निजी गुलाम बनकर रह गया था। वह भूल गया था कि वह एक सरकारी मुलाजिम है और उसे राजनेता की सुरक्षा के लिए लगाया गया है। अब तो वह राजनेता के घरेलू कामकाज में भी हाथ बँटाने लगा था।

रामदीन राजनेता के घर में बाहर बरामदे में बैठा ऊँघ रहा था कि उसे राजनेता की लड़की की, जिसकी 14-15 साल उम्र थी, आवाज सुनाई दी, "ए रामदीन जरा बाजार से चार किलो आलू ले आओ। मम्मी ने कहा है। वहाँ से हमारी सहेली पिंकी के यहाँ जाकर एक किताब ले आना। मैंने फोन पर उसे बता दिया है।" रामदीन तुरंत हुक्म का पालन करने के लिए दौड़ पड़ा।

राजनेता व उसके समर्थकों की मीटिंग चल रही थी। रामदीन भी वहाँ उपस्थित था। मीटिंग का मुद्दा था आने वाले चुनाव के लिए रणनीति बनाना। चुनाव जीतने

के तरीकों की समीक्षा करना। मीटिंग जिस कमरे में चल रही थी उसके बीचोंबीच एक बड़ी मेज थी जिस पर शराब की बोतलें सजी हुई थीं। सब लोग मदिरापान कर रहे थे। रामदीन, जो राजनेता के पीछे बैठा था, एक हाथ में गिलास पकड़े हुए था और दूसरे में कारबाइन।

एक समर्थक ने शराब भरी पूरी गिलास एक घूँट में खत्म करते हुए कहा, ''भई, इस बार चुनाव जीतने के लिए 'बूथ कैपचरिंग' जरूरी है।''

दूसरे समर्थक ने हामी भरते हुए कहा, ''बहुत जरूरी है भइया। इसके लिए गोला बारूद इकट्ठा करना पड़ेगा।''

तीसरे समर्थक ने कहा, ''अरे रामदीन तो है ही। इनकी कारबाइन किस दिन काम आएगी।''

रामदीन यह सुनकर, तुरंत बोला, ''हाँ बिल्कुल। नेताजी के लिए तो अपनी जान हाजिर है। आखिर नमक खाया है इनका।''

एक समर्थक ने कहा, ''मगर, रामदीन तुम तो सरकार से वेतन लेते हो।''

रामदीन ने मुँह बिचकाते हुए कहा, ''हुँह, सरकारी वेतन से तो मूत भी नहीं निकलता है। यह तो नेताजी की मेहरबानी है कि हमारी रोजी रोटी चल रही है।'' राजनेता यह सुनकर मुस्करा दिए।

रविवार का दिन है। रामदीन, राजनेता के परिवार के लिए बाजार में खरीदारी कर रहा है। उसे पुराना दोस्त, गंगा भगत मिल जाता है, जो किसी अफसर का अंगरक्षक है। रामदीन से अभिवादन वगैरह हुआ और उसके बाद गंगा भगत ने उससे हालचाल के बारे में पूछा। रामदीन ने बताया कि राजनेता के पास वह बहुत खुश है।

गंगा भगत ने कहा, ''रामदीन तुम तो नेता जी के बारे में ऐसे बातें कर रहे हो कि लगता है वह तुम्हारे रिश्तेदार हैं। अरे भाई, तुम वहाँ ड्यूटी कर रहे हो।''

रामदीन ने सब्जी से भरा झोला उठाते हुए कहा, ''हम ठीक बात कर रहे हैं। वह बहुत खास हैं हमारे लिए।''

गंगा भगत ने तंबाकू मलते हुए कहा, ''अमा छोड़ो भी। नेता तो नेता ही होता है। हम तो अफसर के यहाँ हैं। भले कुछ कम चिकनी-चुपड़ी खाते हैं मगर रोबदाब बहुत है।''

रामदीन ने झुँझलाते हुए कहा, ''चुप रहो। हमारे नेता जी इस बार चुनाव जीतकर मंत्री बन जाएँगे, तब हमारा रोबदाब देखना। हमारी पार्टी को सत्ता मिलने वाली है।''

गंगा भगत ने उसे आश्चर्य से देखते हुए कहा, ''तुम्हारी पार्टी? तुम पगला गए हो क्या। भूल गए कि तुम सरकारी मुलाजिम हो।''

रामदीन ने उसे डाँटते हुए कहा, ''ज्यादा बकवास मत करो।'' और पैर पटकते हुए चला गया।

''साले पर राजनीति का भूत सवार हो गया। नेता के यहाँ ड्यूटी करेगा तो

यही होगा।'' यह कहते हुए वह भी अपनी मंजिल की ओर चल दिया।

राजनेता एक भीड़ को संबोधित करने जा रहे हैं। राजनेता के पास जनता पहुँचना चाहती है। सुरक्षा के नाते रामदीन जनता को धकेलकर पीछे कर देता है। राजनेता रामदीन को डाँटते हैं कि वह जनता को उनसे मिलने से ना रोके। रामदीन चुपचाप सर लटका लेता है। चुनावी सभा थी इसीलिए राजनेता ने रामदीन को डाँटा था ताकि जनता पर अच्छा प्रभाव पड़े। एकांत में उसने रामदीन को पास बुलाकर पुचकारा, दुलारा और कहा, ''देखो, रामदीन वह तो मैंने जनता पर प्रभाव डालने के लिए तुम्हें डाँटा था। वैसे तुम्हें चाहे हम कितना डाँटें, तुम जनता को हमारे पास मत आने देना। पता नहीं कौन बम, गोला दाग दे। आज के जमाने में किसी का भरोसा नहीं है।'' यह कहकर उन्होंने सौ रुपए का नोट रामदीन को पकड़ाया। रामदीन प्रसन्न हो गया।

रामदीन को राजनेता की पत्नी, किचन में आलू-मटर की सब्जी बनाने के काम में लगाए हुए थी। रामदीन, राजनेता की पत्नी के लिए घरेलू नौकर की तरह ही था।

तभी राजनेता की पुत्री ने किचन में कदम रखा और कहा, ''रामदीन चलो, हमें अपनी सहेली के जन्मदिन में चलना है।''

राजनेता की पत्नी ने कहा, ''अरे रामदीन जन्मदिन की पार्टी में जाकर क्या करेगा। इसको आलू-मटर की सब्जी बनानी है।''

पुत्री ने कहा, ''मम्मी, रामदीन की गन देखकर मेरी सहेलियों के ऊपर मेरा रोब जम जाता है। आप आलू-मटर की सब्जी बना लो। मैं रामदीन को लेकर जा रही हूँ।''

राजनेता की पत्नी ने कहा, ''अच्छा ठीक है। मगर जल्दी आना। मुझे रामदीन को लेकर बाजार जाना है। रामदीन की गनवा वर्दी देखकर, दुकानदारों से पैसे कम कराने में आसानी होती है।'' रामदीन को साथ लेकर पुत्री चली गई।

जैसे अच्छा समय, हमेशा नहीं रहता, उसी तरह रामदीन के नक्षत्र भी कुछ गड़बड़ा गए। एक चुनावी सभा में राजनेता के विरोधियों ने जानलेवा हमला कर दिया। रामदीन ने तत्परता से हमलावरों का मुकाबला किया। खुद घायल हो गया, मगर राजनेता को बचा लिया। राजनेता का एक समर्थक मारा गया। रामदीन की बहादुरी के बावजूद, राजनेता के समर्थक की मौत का इल्जाम उसी पर लगाया गया। रामदीन को निलम्बित कर दिया गया। राजनेता ने भी रामदीन से मुँह फेर लिया।

रामदीन निलम्बित हो जाने के बाद बौखला सा गया। उसने राजनेता के घर जाकर मिलने की कोशिश की मगर वह नहीं मिले। उसके लिए राजनेता के घर के दरवाजे बंद हो गए थे। राजनेता को नया अंगरक्षक मिल गया था। रामदीन को सब भूल चुके थे। रामदीन यह सदमा बर्दाश्त न कर सका। उसका मानसिक संतुलन खोने लगा।

एक दिन गंगा भगत उससे मिलने आया उसने रामदीन की हालत पर अफसोस जताते हुए कहा, ''देख लिया, नेता लोगों का व्यवहार। एक बार भी तेरा हालचाल पूछा उसने। तू ही उसका कुत्ता बना घूमता था।''

रामदीन ने शून्य की ओर देखते हुए कहा, ''कातिल बुरा है ना शमशीर बुरी है। मैं खुद ही बुरा हूँ या मेरी तकदीर बुरी है।''

गंगा भगत कुछ देर रामदीन को ढाँढस बँधा कर चला गया।

तीन दिन बाद, रामदीन पुलिस लाइन में नंगे दौड़ते हुए दिखा। कुछ बच्चे उसका मजाक बनाते हुए पीछे दौड़ रहे थे। रामदीन, वहीं पीपल के पेड़ पर बने चबूतरे पर चढ़कर चिल्ला रहा था, ''भाइयो, मैं आपका नेता हूँ। मुझे वोट दीजिए, मैं मुख्यमंत्री बनकर आपका सब काम करूँगा।'' बच्चे हँसते हुए ताली बजा रहे थे।

खोज

लखनऊ के चारबाग रेलवे स्टेशन का दृश्य है। एक ट्रेन पूरब दिशा से आकर रुकती है। ट्रेन में से एक युवक उतरता है। यह इतिहास का छात्र है। यह लखनऊ कभी नहीं आया है। छुट्टियों में इसने लखनऊ अपने मामा के यहाँ आने की सोची। लखनऊ शहर के बारे में इसने बहुत कुछ सुन और पढ़ रखा था। नवाबी शहर की तहजीब उसके दिलोदिमाग में थी। मियां जाने आलम यानि वाजिद अली शाह की धरती पर कदम रखकर वह रोमांचित हो उठा।

चारबाग रेलवे स्टेशन पर खड़े होकर, वह युवक गोमती नगर जाने का साधन ढूँढ़ रहा था। उसने एक व्यक्ति से कुछ मदद लेने की कोशिश की, ''भाई साहब यह गोमती नगर जाने के लिए कौन सी सुविधा उपलब्ध है?''

उस व्यक्ति ने उसको हड़काते हुए कहा, ''क्यों बे, दिमाग खराब है क्या तुम्हारा। मैं कोई टूरिस्ट गाइड दिखाई दे रहा हूँ।'' यह कहकर वह व्यक्ति आगे बढ़ गया। युवक को लखनऊ की धरती पर तहजीब का पहला नमूना दिखा। वह झटका खा गया। काफी लोगों से पूछताछ के बाद उसे सिटी बस के बारे में पता चला जिसके माध्यम से वह गोमती नगर पहुँच सकता था। सिटी बस में जानवरों की तरह ठुँसे आदमियों के बीच युवक को लखनऊ की खूबसूरती की याद आ रही थी जिसके बारे में उसने इतिहास की किसी किताब में पढ़ा था।

बस से गिरते पड़ते वह युवक किसी तरह गोमती नगर पहुँचा। उसे यह अहसास हो गया कि अब यहाँ 'पहले आप' का सिद्धांत नहीं रह गया है बल्कि 'पहले बाप' का फार्मूला लागू होता है यानि कि जो ताकतवर है, उसका काम पहले होगा। गोमती नगर में दो घंटे, अपने मामा का घर ढूँढ़ने के बाद वह अपनी मंजिल पर पहुँचा। घर का दरवाजा मामा ने ही खोला। युवक को देखकर, वह मुस्कराते हुए बोले, ''आओ विवेक, मैं तुम्हारा इंतजार कर रहा था। कल तुम्हारे पिताजी ने फोन करके बताया था कि तुम आने वाले हो।'' युवक जिसका नाम विवेक था, ने आगे बढ़कर मामा

के चरण स्पर्श किए। अंदर, उसे मामीजी भी दिखाई दीं। उसने लपककर उनके भी चरण स्पर्श किए। मामाजी का एक लड़का था जिसने विवेक से बेतकल्लुफी से हाथ मिलाया। उसका नाम रवि था और लखनऊ विश्वविद्यालय में पढ़ता था।

मामाजी ने विवेक से पूछा, ''यहाँ का पता ढूँढ़ने में कोई परेशानी तो नहीं हुई।''

विवेक ने कहा, ''यहाँ आने में मुझे दो घंटे लगे। यह हर खंड व अक्षर से क्यों शुरू होते हैं, विपुल, विशाल, विश्वास, विराम आदि।''

मामाजी ने हँसते हुए कहा, ''यार, यह तो मुझे भी नहीं पता।''

फिर विवेक से मामाजी ने पूछा, ''तो विवेक, क्या प्रोग्राम है।''

विवेक ने कहा, ''लखनऊ शहर को देखने का मन है। यहाँ की तहजीब के बारे में बहुत कुछ सुना है।'' मामाजी यह सुनकर हँस पड़े।

रवि जो बगल में बैठा था बोला, ''तहजीब और लखनऊ में। यहाँ तो सब मुँहफट ही मिलते हैं। हमारी यूनिवर्सिटी में तो रोज बम चलता है, दंगा होता है।'' विवेक यह सुनकर थोड़ा निराश हुआ।

यह भाँपते हुए मामाजी बोले, ''देखो विवेक हर आदमी का अपना नजरिया होता है। तुम अपनी नजरों से लखनऊ को देखो व समझो। रवि की छुट्टियाँ चल रही हैं। यह तुमको लखनऊ घुमा देगा।''

रवि ने मुँह बनाते हुए कहा, ''पापा मेरे दोस्तों के साथ कई प्लान हैं। इस सड़े लखनऊ में है क्या घूमने को।''

मामाजी ने नाराजगी जताते हुए कहा, ''कैसी बात कर रहे हो रवि। विवेक इतनी दूर से लखनऊ घूमने आया है और तुम्हें अपनी पड़ी है।''

विवेक ने कहा, ''रहने दीजिए मामाजी, रवि को अपने काम में कोई रुकावट नहीं डालनी चाहिए। मैं लखनऊ खुद घुम लूँगा।''

रवि ने कहा, ''यार विवेक लखनऊ में कुछ नहीं रग्वा है। मैं तुम्हें कल दिन भर में पूरा लखनऊ घुमा दूँगा। देख लेना तुम खुद ही बोर हो जाओगे।'' तभी मामीजी की आवाज सुनाई दी खाना तैयार है। सभी लोग खाना खाने चल दिए।

सुबह रवि, विवेक को लेकर लखनऊ दर्शन को निकला। गोमती नगर में विवेक को एक नए लखनऊ का एहसास हुआ। यह वह लखनऊ था, जहाँ बाहर से आकर लोग बसे थे। नया धनी वर्ग, ज्यादातर नौकरशाह जिनका लखनऊ की पुरानी संस्कृति से कम ही वास्ता था। विवेक को रवि, लॉ मार्टीनियर स्कूल की इमारत दिखाने ले गया। विवेक ने रवि से पूछा कि यह वही स्कूल है, जहाँ पर लड़कों ने सन् 1857 के गदर में हिस्सा लिया था।

रवि ने सर खुजाते हुए कहा, ''पता नहीं। मगर सनी द्योल की गदर फिल्म की सूटिंग यहीं हुई थी।''

विवेक रवि की बात सुनकर कुछ नहीं बोला। उसने स्कूल की इमारत की

फोटो खींची। विवेक उसके बाद, राजभवन होते हुए हजरतगंज गया। स्कूटर पर बैठे हुए, उसे हजरतगंज में आम महानगरों की तरह लोग बाजार करते हुए दिखे। युवक-युवतियाँ ज्यादातर आधुनिक वस्त्र पहने हुए ही दिखाई दिए। रवि आधुनिक वस्त्र पहने हुए कुछ लड़कियों को घूरते हुए स्कूटर चला रहा था। विवेक को लखनऊ शहर में कुछ खास नजर नहीं आ रहा था। लखनऊ में कई जगहों के नाम बाग पर हैं जैसे लालबाग, कैसरबाग, चारबाग आदि मगर बागों का कहीं नामोंनिशान नहीं है। पेड़ों की संख्या काफी कम है। कहने को चारों तरफ बाग हैं, मगर हरियाली नाम की चीज नहीं है।

दोनों, हजरतगंज पार करके, परिवर्तन चौक पहुँचे। वह शहर के सीने को चीरता हुआ परिवर्तन के नाम पर एक स्मारक है। नवाब सआदत अली के मकबरे में विवेक बड़ी उमंग के साथ घुसा, मगर इमारत की हालत देखकर उसका दिल डूब गया। इमारत की छाया में कई रिक्शेवाले, भिखारी लेटे हुए थे। छतरमंजिल को स्कूटर पर से ही बैठे हुए विवेक ने निहारा। रवि ने बताया कि यहाँ दवाओं पर अनुसंधान होता है। मेमोरी प्लस यहीं की देन है। इमामबाड़े पहुँचकर, रवि विवेक को भूलभुलैया वगैरह घुमाने ले गया। भूलभुलैया के ऊबड़-खाबड़ रास्ते में विवेक को कई बार ठोकर लगी।

विवेक ने रवि से पूछा, "रवि यार, यह लखनऊ वाले अपनी ऐतिहासिक धरोहर को सँभाल के क्यों नहीं रखते हैं।"

रवि ने व्यंग्य से कहा, "भाई लखनऊ क्या हिंदुस्तान से बाहर है। बाकी जगहों पर कौन सा अपनी संस्कृति विरासत को प्यार से रखा जाता है। हर जगह तो दर्शनार्थी, अपने प्रेम का इजहार इस ऐतिहासिक इमारत पर खोदकर ही करते हैं।" विवेक ने आधे घंटे में, बदबू मारती शाही बाबली, छोटा इमामबाड़ा, पेंटिंग गैलरी आदि देख ली।

रवि ने विवेक से कहा, "लो हो गया लखनऊ दर्शन। यही है लखनऊ।" विवेक ने कभी ऐसे लखनऊ की कल्पना नहीं की थी। लखनऊ की सभ्यता, आधुनिक ईंट, कंकरीट की इमारतों में छुप सी गई थी। विवेक को लखनऊ शहर की आत्मा की तलाश थी। विवेक के असंतुष्ट चेहरे को देखते हुए रवि, उसे चौक में लस्सी पिलाने ले गया। लस्सी पिलाते हुए उसने विवेक को इशारे से बताया, "यह चौक है। सामने जो गली जा रही है, यहाँ कभी मुजरा वगैरह होता था।" विवेक कुछ नहीं बोला। रवि उसको स्कूटर से हरदोई रोड ले गया जहाँ मूसाबाग पिकनिक स्पॉट है। नवाब साहब के घोड़े के नीचे, चूहे के दब के मर जाने के कारण, उन्होंने अपना महल बनवाया था जो अब खँडहर से भी बदतर हालत में है। विवेक को वह जगह देखकर बड़ी निराशा हुई। रवि ने विवेक की निराशा को पढ़ लिया।

वह बोला, "भाई, लखनऊ में यही सब बचा है। बाकी, सब लाल और नीली बत्तियों की गाड़ियाँ हैं।"

विवेक बुदबुदाया, "लखनऊ की सभ्यता कहाँ गुम हो गई।" रवि और विवेक, घर लौट आए।

रात में मामाजी ने विवेक से पूछा कि उसने लखनऊ में क्या देखा। विवेक ने सारी जगह बताई जहाँ रवि ने उसे घुमाया था। मामाजी ने कहा, "चलो कल हम तुम्हें चौक ले चलेंगे, जहाँ से तुम चिकन का कपड़ा खरीद लेना। मम्मी-पापा के लिए भी कुछ ले जाना।" विवेक ने हामी भरी।

अगले दिन मामाजी, विवेक को अपनी गाड़ी में बैठाकर चौक ले गए और चिकन के कपड़े की खरीदारी वगैरह की। खरीदारी का सामान गाड़ी में रखते हुए, विवेक ने मामाजी से कहा कि वह जाएँ। मामाजी ने उससे पूछा कि वह क्या करेगा। विवेक ने इच्छा जताई कि वह लखनऊ अकेले घूमना चाहता है। मामाजी ने उसे हिदायत देकर, वहाँ छोड़ दिया। विवेक पुराने लखनऊ में पैदल ही घूमने लगा। पूरे दिन में उसने नक्खास, चौक, दरगाह, माली खाँ सराय रोड, सआदतगंज वगैरह पैदल ही छान मारा। काफी पुराने मकान दिखे, जिसमें नए तरीके के भवनों ने कब्जे कर लिए। पतली सड़कें, गंदगी और अपने काम में मशगूल आदमियों के अलावा उसे कुछ नहीं दिखा। नवाबों के जमाने की शानशौकत, लज्जतदार व्यंजन आदि कुछ नहीं दिखा। हाँ, छोटी कोठरीनुमा कमरे में कई जगह उसे कबाब पराँठे बेचते हुए लोग जरूर दिखाई दिए, जिस पर मक्खी भिनभिना रही थीं। विवेक के सामने ही एक महिला की चेन, दो युवक मोटरसाइकिल पर छीनकर ले गए। किसी ने कुछ नहीं कहा। विवेक को समझ में नहीं आया कि क्या यह लोग, उन्हीं पूर्वज़ों की संतान हैं, जिन्होंने सन् 1857 में बेगम हजरत महल के नेतृत्व में अंग्रेजों के दाँत खट्टे किए थे। शायद, अंग्रेजों ने उनका मनोबल बुरी तरह से तोड़ दिया था, तभी आज उनकी संतानें इतनी कमजोर हैं।

शाम होने लगी थी। विवेक वापस लौट रहा था। चौक में ही उसे एक पुरानी इमारत दिखी। उस इमारत को देखने में उसने सामने से आ रहे एक बुजुर्ग को नहीं देखा। बुजुर्ग उससे टकराकर जमीन पर गिर पड़ा। विवेक ने उसे उठाया और माफी माँगी। बुजुर्ग जो सफेद दाढ़ी व सफेद कुर्ते-पाजामे में सजे हुए थे, ने कहा, "शुक्रिया बरखुरदार।" विवेक को उस व्यक्ति का बात करने का अंदाज पसंद आया।

उस व्यक्ति ने विवेक से पूछा, "क्यों मियाँ, लखनऊ में नए हो।"

विवेक ने कहा, "जी, लखनऊ घूमने आया हूँ।"

बुजुर्ग व्यक्ति ने कहा, "अच्छा, कैसा लगा लखनऊ?"

विवेक ने कहा, "ठीक ही है।"

बुजुर्ग व्यक्ति ने कहा, "चलिए, आप हमारे गरीब खाने में तशरीफ लाइए। वहीं बातें होंगी।"

विवेक उस बुजुर्ग व्यक्ति के साथ उसके घर गया। छोटा-सा कोठरीनुमा घर

था, जिसमें दो-तीन कुर्सियाँ व एक तख्त पड़ा था। बुजुर्ग व्यक्ति, विवेक को कुर्सी पर बैठाकर खुद तख्त पर बैठ गया। बुजुर्ग व्यक्ति ने थोड़ा ऊँचे स्वर में आवाज दी, "बेगम, मेहमान आए हैं, कुछ शर्बत वगैरह लाओ।" फिर विवेक से बातचीत करने लगा। विवेक को पता चला कि बुजुर्ग व्यक्ति का जरदोजी का काम है और उसके दोनों बेटे भी इसी कार्य में लगे हुए हैं।

बुजुर्ग व्यक्ति को विवेक ने बताया कि जिस लखनऊ को वह देखने आया है, वंह शायद अब मौजूद ही नहीं है। बुजुर्ग व्यक्ति ने कहा, "देखिए मियाँ, आप जिस नवाबी शानशौकत की बात करते हैं वह तो अब सिर्फ पाँच सितारा होटलों में मिलेगी। दूसरे, पाक-पकवान भी अब पाँच सितारा होटलों में ही मिलेगा। आज का आदमी दाल-रोटी में ही गुजारा कर ले तो बहुत है। रही तहजीब की बात तो वह चीज स्कूलों में तो सिखायी जाती नहीं है। यह तो खानदानी बातें हैं और वैसे खानदान बचे नहीं। बाहर से जो लोग आकर बसे, उन्हें लखनऊ की तहजीब व सभ्यता से कोई सरोकार नहीं है।"

बुजुर्ग व्यक्ति थोड़ी देर के लिए चुप हो गए। तभी अंदर से छोटा लड़का शर्बत व नाश्ता लेकर आया। बुजुर्ग व्यक्ति ने उसके सर पर हाथ फेरते हुए कहा, "असलम मियाँ, मेहमान को सलाम बोला।" बच्चा 'सलाम' बोलकर अंदर चला गया।

बुजुर्ग व्यक्ति ने कहा, "लेकिन निराश होने की बात नहीं अभी कुछ तो लखनऊ की हवा में ऐसा बचा है, जो लोगों को लखनऊ में डटे रहने के लिए मजबूर करता है। तभी तो यह कहावत है कि हम फिदाएं लखनऊ पर, लखनऊ फिदा हम पर, आसमाँ की क्या हिम्मत कि छुड़ाए लखनऊ हमसे।"

बुजुर्ग व्यक्ति की उर्दू भरी तहजीब की भाषा सुनकर विवेक बहुत खुश हुआ। उसने इजाजत माँगी।

बुजुर्ग व्यक्ति ने कहा, "अरे मियाँ बैठिए, अभी कबाब बन रहा है, खाकर जाइएगा।"

विवेक बैठ गया। उसने इतना लजीज व्यंजन कहीं नहीं खाया था। कुछ देर बाद, वह चलने के लिए उठा। उसने बुजुर्ग व्यक्ति को मेहमाननवाजी के लिए शुक्रिया अदा किया।

बुजुर्ग व्यक्ति ने उसे फिर आने की दावत दी और कहा, "मियाँ, अपने शहर जाकर लखनऊ की बुराई मत कीजिएगा। हमारा शहर अभी भी बहुत अच्छा है।" विवेक प्रसन्नतापूर्वक गोमती नगर के लिए चल दिया।

रात में मामाजी ने पूछा "तो विवेक कुछ नई बात पता चली लखनऊ के बारे में।"

विवेक ने थोड़ी खुशी जाहिर करते हुए कहा, "लखनऊ में अभी थोड़ी तहजीब बाकी है। जरूरत है नजरिए की।"

रवि ने बुरा सा मुँह बनाते हुए कहा, "पता नहीं इनको कहाँ से तहजीब दिखाई दे गई।"

विवेक ने उसकी बात को अनसुना करते हुए कहा, "मामाजी, कल मैं वापस जाऊँगा। कल को ही ट्रेन का रिजर्वेशन भी है।"

मामाजी ने कहा, "इतनी जल्दी क्या है भाई।"

विवेक ने कहा कि पिताजी ने उसको वापस जल्दी आने के लिए कहा था। मामाजी ने सहमति जता दी।

रवि ने कहा, "ठीक है, कल मैं तुम्हें अपनी यूनिवर्सिटी दिखा देता हूँ।"

अगले दिन रवि के स्कूटर पर विवेक यूनिवर्सिटी देखने गया। यहाँ पर अराजकता का माहौल था। कहीं पर, बम के धमाके हो रहे थे, तो कहीं छात्र नेता का जुलूस निकल रहा था।

विवेक ने पूछा, "क्या यहाँ पर भूतपूर्व राष्ट्रपति शंकरदयाल शर्मा पढ़े थे।"

रवि ने कहा, "हमको नहीं पता कि कौन शर्मा पढ़े थे कि नहीं।"

यूनिवर्सिटी की भव्य इमारत को विवेक ने काफी सराहा।

रवि उसे हबीबुल्लाह छात्रावास ले गया जहाँ पर छात्र संघ के चुनाव का माहौल था। रवि के दोस्त लोग जुलूस में निकलने की तैयारी में थे। विवेक का परिचय कराया गया। रवि के एक मित्र ने विवेक को कहा कि अगर उसे कोई हथियार चाहिए तो यहाँ से मिल जाएगा। विवेक ने मना कर दिया।

शाम को विवेक स्टेशन पहुँचा। मामाजी उसे छोड़कर चले गए थे। ट्रेन में घुसते समय काफी भीड़ थी। विवेक रुक गया। फिर वह अपने डब्बे में चढ़ने लगा। तभी डब्बे से उतरने वाले एक व्यक्ति ने कहा, "भाई हमें उतरने दीजिए। आप लखनऊ से हैं, थोड़ा सब्र कीजिए।" विवेक मुस्करा दिया। उसे लगा कि लखनऊ में अभी कुछ बाकी है। उसकी खोज असफल नहीं गई।

●●●